KB176628

김명진

날지 못하는 새들의 숲

김명진

날지 못하는 새들의 숲

∘ 차례 ∘

2부.

블루 펭귄을 찾아서

3부.

비바람이 치던 바다

4부.

어려움을 이기는 힘

삼대(三代), 세 남자의 뉴질랜드 일주

＊ 이번에는 아버지까지 함께하기로 했다.

이제껏 아들과 둘이서 세계여행을 다녔다. 아빠 육아휴
직이 드물었던 시절, 1년간 육아휴직을 하고 8살 아들 녀석
과 세계를 누볐다. 그리고 43세의 나이에 이른 퇴직을 하고
또 아들과 1년을 여행했다. 함께했던 추억들을 간직하고 싶
어 글을 썼고, 여행 에세이 《오리도 날고 우리도 날고》까지
출간할 수 있었다.

또 오랫동안 미뤄왔던 일을 저지르고 말았다. 더 늦기 전
에 아버지와의 추억을 만들고 싶었다. 아빠가 되어 아들을
키우게 되면서 알게 되었다. '아낌없이 주는 나무'처럼 아낌
없이 아들에게 주고 싶은 그 마음을. 하지만 나의 아버지로

부터는 받기만 했을 뿐, 조금이라도 드린 것이 없다. 아버지가 주신 사랑, 조금이라도 갚을 수만 있다면.

✻ 어디로 갈까? 세 남자 모두의 취향에 맞는 곳은?

야생이 살아있는 뉴질랜드. 대자연을 누릴 수 있는 곳이다. 아름다운 경치에 더해 아들 녀석이 좋아하는 야생동물도 보고 아버지가 좋아하시는 트레킹도 즐길 수 있다. 거기에다 '반지의 제왕'을 비롯해 다양한 스토리가 있는 흥미로운 국가이다.

사실 뉴질랜드는 20년 전에 여행한 경험이 있다. 그때는 동생과 함께 배낭을 메고 다녔다. 오랜 세월이 지나 다시 찾게 된 뉴질랜드. 이번엔 아버지와 아들과 함께 렌터카로 로드트립을 하기로 했다. 옛 추억을 떠올리며 새로운 추억을 만들어 가길 소망하며.

✻ 다양한 경험을 하면서도 검소한 여행을 원했다.

넉넉지 않은 형편이라, 그럴싸하고 돈이 많이 드는 액티비티는 하지 않기로 했다. 그렇다고 수박 겉핥기식 여행을 원하지는 않는다. 로드트립을 하며 구석구석 방문하여 탐험하고, 이동 중에도 바지런히 보고 느끼려 한다. 외식은 되도록 자제하기로 했다. 비용을 아끼려는 목적도 있지만 시간을 빼앗기기 싫은 이유가 더 크다.

　3대 모두가 만족할 만한 경로를 찾았다. 유명한 곳만 찾아다니는 여행은 원치 않지만, 뉴질랜드에서 꼭 가봐야 할 곳들은 포함했다. 아버지와 아들 녀석이 좋아할 수도 있기 때문이다. '아니, 뉴질랜드를 여행했다는 사람이 여기에도 안 가봤어요?'라는 소리를 듣기 싫어서일지도 모른다.

　＊ 어제를 소중히 여기고, 미래를 꿈꾸며, 오늘을 충실히 산다.
Cherish Yesterday, Dream Tomorrow, Live Today _ Richard Bach

　여행을 하게 되면 미래에 대한 걱정은 사라지고, 현재에 충실하게 된다. 그때그때, 먹을 것, 입을 것, 잘 것에 집중하기에 하루하루가 충실하다. 먼 미래에 대한 걱정은 사치일 뿐. 오늘 하루가 소중하다. 그렇게 오늘도 충실히 이 여행에 임한다.

1부

나무에서 떨어진
원숭이

날지 못하는 새들의 섬

< 치킨 런, 2000 > 영화에서는 닭들이 알을 낳는
동안은 삶을 보장받지만, 알을 낳지 못하면
'치킨 파이'가 되어 죽을 운명에 처한다.
알을 낳을 수 없어도 살고 싶으면 어떻게 해야 할까?

뉴질랜드를 대표하는 동물 키위(Kiwi). 새라고는 하지만 날지 못한다. 사실 뉴질랜드에는 키위뿐만 아니라 날 수 없는 희귀한 새들이 더 있다. 펭귄은 말할 것도 없고, 앵무새 카카포(Kakapo), 뜸부기과의 타카헤(Takahe), 웨카(Weka) 등 나는 능력을 잃어버린 새들이 꽤나 많다. 뉴질랜드에서 흔히 볼 수 있는 푸케코(Pukeko)도 어설픈 날개는 있지만 멀리 날지 못하는 닭과 같은 녀석이다.

왜 하필 이곳에는 날지 못하는 새들이 이렇게 많을까? 왜 이 녀석들은 날기를 포기했을까?

그 먼 옛날 뉴질랜드에는 포유류가 없었다. 더욱 정확히 말하자면 포유류는 박쥐만 있었다. 게다가 뉴질랜드는 지리적으로 외진 곳에 숨어 있는 섬나라이다. 가깝다는 호주까지도 비행기로 4시간이다. 그러다 보니 사람의 손이 닿기 전에는 온갖 야생의 새들이 평화롭게(?) 살아가는 '새들의 천국'이었다.

위협적인 존재가 없으니 도망 다닐 필요가 없다. 천적이 없는 상황에서 점점 더 날개의 필요성은 사라지기 시작했다. 그렇게 오랜 시간을 거치며 날개는 퇴화되어 버렸다. 날개를 잃어버린 후, 그 새들은 어떻게 되었을까?

어느 순간 사람들이 들어와 정착하기 시작하면서 포유류도 따라 들어왔다. 포섬(Possum, 주머니쥐), 고양이, 족제비, 쥐와 같은 포식자들이 등장하면서 점점 새들에게 위협이 되어 갔다. 이 녀석들은 직접 해치기도 하고 알을 먹어 치우기도 한다. 이제 천적이 생긴 상황이니 도망 다녀야 할 수밖에 없다.

하지만 날지 않고 지낸 지 너무 오래. 자유롭게 날아오를 수 있다면 얼마나 좋을까? 뒤늦게 후회해 보지만 이미 몸이 말을 듣질 않는다. 적들로부터 도망가고 싶지만 도망갈 수 없는 운명. 그래서 하나둘 멸종되어 갔고, 남은 녀석들도 거의 모두 멸종 위기종이 되었다. (그나마 펭귄은 날기를 포기

한 대신, 물속을 헤엄치는 능력을 키웠다.) 이제 이 녀석들은 더 이상 사람의 보호 없이는 살아갈 수 없다.

어쩌면 현시대를 살아가는 우리도 날기를 포기한 새들이 아닐까? 그저 눈앞의 이익과 만족을 위해 자기 주도적인 삶을 포기한 사람들. 달콤한 편안함에 익숙해져 새로운 도전을 하지 않는다. 자유의지는 사라지고 무기력한 삶에 익숙해져 간다. 그러다 언젠가는 도망가고 싶어도 도망갈 수 없는, 구속에서 영원히 벗어날 수 없는 몸이 될지도.

날개야 다시 돋아라.
날자. 날자. 날자. 한 번만 더 날자꾸나.
한 번만 더 날아 보자꾸나.
< 날개 > 이상

He kākā
rerekē

**Peculiar
parrot**

Kākāpō
Strigops habroptilus

상상 속 여행 (나만의 여행 준비)

머릿속에 무언가를 그리는 것을 좋아한다. 여행에 있어서도 마찬가지. 떠나기 전, 준비하는 과정에서부터 상상 속 여행을 즐긴다. 구글맵을 보며, 가고 싶은 곳들을 찍어가며, 마치 그곳에 이미 있는 듯 행복해한다. 가끔은 갈 수 없는 곳까지도.

뉴질랜드 여행을 앞두고도 그렇게 상상 놀이를 했다. 온오프라인에서 떠도는 정보를 찾아보고 마음에 드는 장소를 구글맵에 찍었다. 대략 1주일 정도 이렇게 상상 놀이를 끝내면 여행 루트의 윤곽이 드러난다. 이제 가고 싶은 장소들을 연결해 동선을 그려본다. 한번 지나간 곳을 또다시 지나고 싶진 않기에 서클 형태로 하는 것이 좋다. 그렇다면 어떻게 돌까? 시계 방향, 아니면 반시계 방향?

차선의 방향이 우리와 반대인 뉴질랜드에서는 시계 방향

으로 도는 것이 낫겠다. 호주, 영국, 일본과 같은 나라도 마찬가지. 이유는 경치를 보기에 눈이 덜 피곤하기 때문이다. 반대 차선 너머의 경치를 보는 것보다, 바로 옆에서 보는 것이 낫겠지? 해변도로에서도 반대 차선 차량에 가려진 바다를 보는 것보다, 바로 창 옆으로 펼쳐진 바다를 보는 것이 좋을 것이다. 나는 버릇처럼, 버스, 택시, 기차, 심지어 배, 비행기를 탈 때도 우리나라에서는 오른편에 앉고 차선이 반대인 나라에서는 왼편에 앉는다.

이제 어디에서 시작해 어디에서 끝낼까? 로드트립을 하면 한 바퀴 돌아 원점에 복귀하는 방법도 있지만, 한쪽에서 시작해 다른 쪽에서 끝내야 하는 경우도 생긴다. 이렇게 편도로 여행할 때는 시작과 끝을 어디로 할지가 중요하다.

여기에서 필요한 것이 바로 역발상. 사람들이 따르는 방식으로 렌트를 하면 수요가 많아 비용이 비싸진다. 반대로 하면 더 저렴한 비용으로 가능하다는 얘기. 뉴질랜드에서는 다들 북섬 오클랜드(Auckland)에서 시작해 남쪽으로 내려오는데, 남섬의 크라이스트처치(Christchurch)나 퀸스타운(Queenstown)에서 시작해 북쪽으로 올라가는 것이 비용 측면에서 유리하다.

방문 시기도 고려하자. 2월이라면 뉴질랜드는 여름이지만 서서히 가을을 향해 해가 짧아지는 시기. 너무 덥지 않고 적정한 온도를 원한다면, 차차 서늘해지고 있는 시기임을 주목하길. 온도가 상대적으로 낮은 남섬부터 여행을 하고 북섬으로 올라온다면 비슷한 온도에서 여행을 할 수 있다. 반대로 이 시기에 북섬부터 여행한다면, 북섬에서는 덥고 남섬에서는 춥게 지내게 된다.

여행 루트가 정해졌다면 이제 어디에서 머물지 생각해 보자. 조용한 곳을 좋아해 여행을 가서도 사람들로 북적이는 곳은 피하는 편이다. 사람들이 몰리는 곳을 피해 다니면 생각 외로 경비 지출이 적다.

보통 관광도시는 주말이나 연휴에 숙박비가 비싸진다. 예를 들면, 라스베가스는 일정 조율에 따라 숙소 가격이 몇 배의 차이가 난다. 주말이면 카지노와 유흥을 즐기러 오는 사람들이 많아 숙박비가 30만 원을 훌쩍 넘는데, 주중으로 날짜를 잘 맞추면 3만 원에도 가능하다. 반면 비즈니스가 많은 도시에서는 오히려 주말 숙박비가 싸지는 경향이 있다. 샌프란시스코 근교에 있는 실리콘밸리 지역은 출장자들이 주중에 머무는 경향이 있어 주말에는 사람들의 수요가 적다. 그래서 미국을 여행할 때면 주중에는 관광지 위주로 다니고 주말에는 비즈니스 도시에 머무는 방법으로 일정을 짰다.

사실 뉴질랜드는 관광지가 대부분이라 똑같이 적용하기

는 힘들다. 그래도 되도록이면 유명 관광지일수록 주말에 비용이 올라가는 것을 감안해 주중에 들르려 했고, 사람들이 덜 찾는 지역을 주말에 방문하는 식으로 일정을 안배했다.

대도시이자 관광도시인 오클랜드, 웰링턴, 퀸스타운 등에서는 시내에서 멀찌감치 떨어진 공항 주변 숙소를 이용하기로 했다. 어차피 자동차로 여행하는데 주차비까지 지불해가며 시내의 비싼 숙소를 고집할 필요가 없다. 괜히 시끌벅적한 곳에서 잠을 설쳐가며 지내고 싶지 않은 이유도 있다.

비슷한 이치로 관광지에서 거리가 다소 떨어진 곳을 알아보면 의외로 저렴하고 괜찮은 숙소들이 있다. 시설은 조금 못할지라도 '현지스러운' 곳들. 그런 곳에서 머물면 남들이 보지 못하는 것들까지도 볼 수 있고, 낯설음이 주는 흥분까지도 기대할 수 있다. 개성이 강한 현대인들은 남들과는 다른 방식으로 자신만의 여행을 찾아가려 한다. 그러니 이런 곳의 숙소는 일석이조이지 않을까?

여행은 한 번에 세 번 하는 것이다. 설레는 마음으로
여행을 준비하는 시기, 직접 다니며 경험하는 기간,
다녀와서 정리하며 추억하는 순간들.
이렇게 상상 놀이를 하며 첫 번째 여행을 한다.

나무에서 떨어진 원숭이

여행을 앞두고 아버지는 이틀에 한 번꼴로 계속 물어보셨다. 여행 준비는 잘하고 있는지. 혹시 문제는 없는지. 그렇다. 아버지는 걱정이 많으신 분이다. 게다가 연세까지 많으니, 이번 여행을 어쩌면 아들, 손자와 함께할 수 있는 마지막 여행으로 생각하셨을지도 모른다. 겉으로 그렇게 내색하진 않았지만, 아버지는 이 여행을 무척이나 고대하고 계셨다.

"아버지, 걱정 마세요. 제가 누구예요? 여행 고수를 어떻게 보고 그러세요."

그때마다 나는 허풍을 떨어가며 안심시켜 드리곤 했다. 자랑은 아니지만 나는 세계여행을 하는데 제법 소질이 있는 편이다. 오랜 경험으로 단련된 노하우가 있어 '내 사전에 실수는 없다'고 생각했다.

떠나기 3일 전, 출발일이 코앞에 닥친 금요일 늦은 오후. 나는 우연히 치명적인 문제가 있음을 알아차렸다. 어이없게도 여행 초보자도 하지 않을 아주 기본적인 실수. 항공권을 포함해 모든 예약에 있어 아버지의 영문명을 여권에 나오는 철자와 다르게 기입한 것이다. 특히 국제선 항공편은 탑승 거절을 당할 수도 있기에 하늘이 무너지는 듯했다.

하필이면 가는 편, 오는 편, 현지 국내선, 배편까지 모두 다른 회사로 예약했기에 수습하려면 시간적으로 불가능할 것 같았다. 비용을 아끼고 다양한 경험을 하려고 이리 복잡하게 예약했는데, 사태를 키우고 말았다.

'좀 더 일찍 알았더라면, 미리 좀 챙겼더라면…'

후회해 보지만 후회할 여유마저 없었다. 당장 월요일 출발인데 금요일 오후 4시부터 모든 것을 바로잡아야 했다. 주말에는 항공사와 여행사가 영업을 하지 않아 해결할 시간은 부족했고, 해결해야 할 예약 건은 4건이나 되었다.

① 인천 - 오클랜드 에어뉴질랜드 항공권

② 오클랜드 - 크라이스트처치 젯스타 항공권

③ 픽턴 - 웰링턴 인터아일랜더 승선권

④ 오클랜드 - 인천 대한항공 항공권

이 중에서 가장 큰 문제는 에어뉴질랜드 항공권이었다. 다른 건들은 아직 시간이 남아 있어 현지에 가서 해결해도 되지만, 뉴질랜드로 출발하는 항공권을 해결하지 못하면 출발조차 할 수가 없다. 그런데 이 항공권이 꽤나 복잡했다. 구매는 여행사를 통해서 했고, 실제 에어뉴질랜드 항공을 타지만, 아시아나 항공을 통해 판매된 '공동운항' 항공권이기 때문이다.

먼저 에어뉴질랜드로 전화를 해 본다. 5분을 대기한 후, 들을 수 있었던 무성의한 대답. 공동운항편은 본인들이 수정할 수 없으니 '아시아나 측에서 해결해야 한다'는 얘기. 이제 아시아나로 전화를 해 본다. 이번에는 10여 분을 대기한 후, 짧은 한마디의 답변을 받았다. 여행사에서 구입했으니 '여행사를 통해 의뢰해야 한다'는 응대. 마침내 여행사로 연락을 한다. 그런데 막상 여행사는 명확한 해결책을 제시하지 못했다. 방법을 알아봐야 하니 '기다려 달'고만 했다. 이래저래 지체하다 보니 금요일 영업시간은 끝났고, 월요일 출발 당일에 문제를 해결해야 할 상황에 이르렀다.

대망의 월요일을 앞두고 주말 이틀은 온갖 걱정으로 잠을 이루지 못했다. 아버지의 기존 예약 항공권을 취소하면 성수기로 만석인 상황이라 동일 항공편을 새로 예약할 수 없는 상황. 혹시라도 아버지가 같은 비행기를 타지 못하는

사태를 대비해야 했다. 플랜 B와 C까지 마련하며 아까운 시간을 허비했다. 준비해야 할 다른 것들이 많은데 일이 손에 잡히지 않았다.

출국 당일 오전 9시. 영업시간이 되자마자 조마조마한 마음으로 여행사에 전화를 건다. 알아보는 중이라고 한다. 그들은 남의 일인 듯 그리 급하지 않다. 내 속만 타 들어간다. 그렇게 수차례 통화를 했다. 그러고 나서 마침내 여행사에서 무책임한 해결 방법을 제시했다.

"아시아나에 얘기해 영문명을 수정해 보겠지만, 에어뉴질랜드 전산에 반영이 안 될 수도 있어요. 혹시 그러다가 전산 문제로 항공권이 취소되면 저희도 몰라요."

응대가 썩 마음에 들지는 않았지만 어쩔 수 없다. 그 방법대로 하는 수밖에. 그렇게 하라고 해 놓고 결과를 기다린다. 그동안 나의 마음은 또 까맣게 타 들어간다. 공항으로 출발해야 할 시간 2시간을 앞두고서야 드디어 연락이 왔다.

"이제 수정이 완료되었으니 공항으로 가시면 됩니다."

의외로 간단한 답변에 어이가 없었다. 이렇게 쉽게 끝날 일인데 왜 그들은 사람을 이리 힘들게 했나? 항공권 영문명 변경. 그리 어렵지 않아 보이는데 서로 책임지기 싫어서 시간을 지체했던 것은 아닐까?

아무튼 문제는 비행기를 타기 전 해결되었다. 하지만 이 문제를 해결하기 위해 나는 여행 시작부터 몸과 마음이 녹초가 되었다. 그리고 나에게 있는 더 큰 문제를 알아차렸다. '자만과 방심'. 경험이 쌓일수록 함께 쌓인 반갑지 않은 존재들.

원숭이도 나무에서 떨어진다. 세상에 완벽한 사람은 없고 실수는 누구나 하는 법이다. 그렇다고 부주의한 실수를 다시 하지 않기를. 나무에서 걸핏하면 떨어지는 원숭이가 되지 않기를.

P.S. 다행히 다른 세 건도 어찌어찌 해결이 되었다.
문제는 해결되라고 있는 것이다.

줄을 잘 서야 하는 이유

뉴질랜드는 입국이 까다로운 나라이다. 이곳에 살고 싶어 하는 사람이 많아 돌아가지 않을까 봐 입국심사를 철저히 하는지도 모른다. 거기에다 이유를 하나 더하자면 '고유성 유지'라 할까? 그들만의 독특한 섬나라를 유지하기 위해 외부 동식물 반입을 철저히 통제하고 있다. 그런다고 해서 모든 것을 다 막을 수는 없겠지만 까다로운 시늉이라도 해야 그나마 덜 유입될 테니.

우리의 뉴질랜드 입국도 그리 매끄럽지 못했다. 오클랜드에 도착하자마자 비행기를 환승해 크라이스트처치로 갈 계획이었다. 입국 절차가 간단치 않다는 정보를 입수하고 환승 시간을 4시간 정도로 넉넉하게 잡아 놓은 상태였다.

먼저 오클랜드 공항에 도착해 입국심사부터 받았다. 직접 입국심사관을 대면해서 받는 수동 출입국 줄과 자동 출입국 기계가 있는 줄이 있었다. 우리나라는 자동 출입국이 가능한 국가이기에 그 줄에 대기한 후 기계를 마주했는데, 어찌 된 영문인지 아버지의 입국이 계속 거절되었다. 아마도 그 기계가 하필 문제가 있었거나, 여권의 사진과 달라진 모습에 인식이 안 되었을 수도 있다.

문제는 애초부터 수동 출입국을 하는 줄은 여러 개가 있어 오히려 빠른데, 자동 출입국에 실패한 사람들이 심사를 다시 받는 줄은 하나 밖에 없어 시간이 더 오래 걸렸다. 이런 이유로 1시간 정도를 낭비하게 되었다.

이제 세관신고를 하는 과정. 우리에게는 신고해야 할 간단한 음식이 있었기에 'Nothing to declare(신고할 것 없음)' 줄로 가지 못하고, 신고를 해야 하는 줄에 서서 대기해야 했다. 기나긴 줄이 3개가 있었는데, 별 고민 없이 가장 오른쪽에 서게 되었다. 그런데 나중에 알고 보니 다른 두 줄은 각각 줄이 늘어나 네 개의 줄이 되어 속도가 빨라졌다. 반면에 우리가 선 줄은 끝까지 한 줄이었고 그 마저도 담당 심사관이 느릿느릿해 속도가 나지 않았다.

여유 있게 환승하려 했는데 완전히 꼬였다. 혹시라도 비행기를 놓칠까 봐 가슴을 졸이고 졸여야만 했다. 결국 1시간 30분 정도의 시간이 걸렸다. 예상했던 시간의 세 배. 옆에 있는 다른 줄에 섰더라면 30분 만에 끝내고 쉴 수도 있었을 텐데. 시간에 쫓겨 허둥지둥, 겨우 비행기를 탈 수 있었다.

　나름 선진국이라는 뉴질랜드에서 이런 불합리하고 비효율이고 이상한 줄서기가 일어나는 것이 이해되지 않았다. 한편으로는 줄을 잘 서야 하는 이유를 절실히 깨닫는 날이었다. 재수 없는 일을 겪으면서 잊고 싶었던 옛 기억이 떠올랐다. 한국 사회에서는 줄을 잘 서야 한다고 하는데, 나는 유난히도 줄을 잘 못 서는 사람이었다.

　오래전 군대 훈련소에서 겪었던 일이다. 훈련병들은 조를 나눠 배식 조, 청소 조와 같은 잡무를 해야 했다. 내가 속한 조가 배식을 담당하면서 각자의 임무를 부여받았는데, 나는 줄을 잘못 서는 바람에 모두가 기피하는 '짬통'이라는 업무를 4주간 해야 했다. 남은 음식물들을 처리하는 일이다. 한겨울에 음식물 쓰레기를 다루는 일은 무척이나 힘들고, 더럽고, 어려웠다. 1주 정도 지나니 몸에 역한 냄새가 배 남들이 피할 정도였다.

　한 달 후, 우리가 속한 조는 업무가 바뀌어 청소를 담당하게 되었다. 이번에도 복불복으로 각자의 임무가 주어졌는데, 줄을 재빨리 못 서는 바람에 모두가 가장 싫어할 법한 '외곽쓰레기' 업무를 맡게 되었다. 3주간 쓰레기 소각장에서 기억하고 싶지 않은 시간을 보냈다. 그렇게 7주간 나의 훈련병 시절은 온갖 쓰레기로 기억된다.

살아오면서 줄을 잘못 서서 피해를 본 적이 많다. 억울하긴 하다. 그런데 억울해해야만 할 일일까? 다르게 생각해 보면 내가 피해를 당한 만큼 누군가는 혜택을 받았을 게다. 세상에는 복불복으로 일어나는 일들이 많다. 운이 나빴던 경우만큼, 아마 나도 모르게 운이 좋았던 경우도 있었을 테다. 굳이 나만 피해를 받고 산다고 생각하면 나만 힘들고 괴로운 법이다. 이런 일이 생길 때면 누군가를 위해 선심 썼다고 생각하면 어떨까? 그렇게 너그러운 마음을 갖고 살아간다면 행운이 저절로 굴러올 것이다.

이 줄이 아니라 생각되면 저 줄로 이동해야 하나?
아니면 한번 선 줄을 고집할 것인가?
나는 미련이 많아 한번 선택한 길을 계속 가는 편이다.
가끔은 이 길이 아니라면
저 길로 갈 필요도 있지 않을까?

이제껏 자동차 여행을 하며 렌트를 할 때마다 수많은 사건과 불쾌한 일들을 겪어왔다. 너무 화가 나 잠을 이루지 못한 적도 있었다. 호주에서는 주유를 못 하고 반납해 페널티를 물었고, 캐나다에서는 펑크난 차량임을 모르고 빌려 직접 수리해야 했다. 미국에서는 자동차 보험 문제로 싸우기도 했고, 유럽에서는 차량 파손 사건에 휘말리기도 했다. 아니나 다를까? 뉴질랜드에서도 문제가 발생했다.

뉴질랜드를 일주하기로 결심하고 렌터카를 빌리기로 했다. 인구밀도가 낮은 뉴질랜드는 대중교통이 발달하지 않아 자기 차량 없이는 많은 곳을 다니기가 힘들다. 그래서 크라이스트처치에서 차를 받아 2주간 남북섬을 돌아본 후, 오클랜드에서 반납할 계획으로 렌트를 했다.

길이 험한 지역도 있다고 해서 SUV로 골랐다. 연식이 4

년쯤 되는 도요타사의 라브4 차량이었다. 뉴질랜드는 일본처럼 좌측 운행, 우측 핸들 방식이라 일본 차량이 주를 이루고 있었다. 과거에 차를 빌릴 때마다 문제가 있었기에, 더욱더 신경을 썼다. 나름 꼼꼼히 점검해 보니 눈에 띄는 문제는 없어 보였다.

이제 본격적으로 로드트립을 시작한다. 아무 문제 없이 안전한 여행이 되기를 기도하며. 크라이스트처치를 떠나 2시간을 신나게 운전해 갔을까? 목적지인 캐슬 힐(Castle Hill)에 도착할 무렵 차량 계기판에 'Low Key Battery'라는 메시지가 눈에 띄었다. 차를 빌려 한참을 운행한 뒤에야 차량 키의 배터리가 약하다는 메시지를 발견한 것이다.

꼼꼼히 확인했는데 왜 놓쳤을까? 그냥 무시하고 싶었지만 계속 신경이 쓰이기 시작했다. '차량에는 문제가 없으니 괜찮을 거야'라고 스스로를 위로했지만 배터리가 약하다는 경고는 내 마음을 약하게 했다.

여행에 집중하고 싶은데 별것 아닌 것이 또 속을 썩인다. 온갖 걱정이 생겨났다. '차 키의 배터리가 어느 순간 방전되어 작동하지 않으면 차량 문을 열지도 못하겠지?' '문을 연다 해도 시동을 못 걸면 오도 가도 못하는 신세가 되겠지?' 그렇다고 이제 와서 다시 렌트한 곳으로 되돌아갈 수도 없는 노릇. 설령 같은 회사의 다른 지점을 방문하려 해도 찾아가려면 많은 시간이 뺏긴다. 여행할 시간도 부족한데, 이런 일로 반나절 혹은 하루를 빼앗기기는 싫었다.

불안했지만 여행은 멈추고 싶지 않았기에 며칠을 스트레스를 받아 가며 버텼다. 그러던 중 계속 마음 한구석에 걱정이 남아 온라인 커뮤니티에 질문을 한번 해 보았다.

"차량의 키 배터리가 약하다는데 배터리를 갈지 않고 버텨도 괜찮을까요?"

그러자 하루도 지나지 않아 누군가의 답글이 달렸다.

"그러다 키가 작동하지 않으면 큰일 나요. 배터리를 구해 손수 교체하는 방법도 있어요."

가만히 생각해 보니 보통 일이 아니다. 뉴질랜드는 사람보다 양이 많다고 할 정도로 사람이 드문 곳인데, 어느 낯선 곳에 가서 아무도 도와줄 사람이 없다면 참으로 난처한 상황에 처한다. 어떻게 해야 하나?

고심 끝에 배터리를 직접 교환해 보기로 했다. 이런 일에 영 자신은 없었지만 한번 시도해 보기로. 대형 마트를 찾아 배터리를 구했고, 이제 교체할 차례. 그리 힘든 작업은 아닐지라도 혹시라도 잘못 건드려 사태를 더 키울까 조마조마했다. 이러다 키가 망가지지는 않겠지?

온라인에 떠도는 정보를 30분가량 연구한 후 조심조심 키를 분해했다. 다행히 배터리를 갈아 끼우는 일은 생각 외로 어렵지 않았다. 그리고 역순으로 조립 완료. 이제 차로 가서 제대로 작동하는지 시험해 본다. 버튼을 누르자 반응이 왔고 시동을 걸어보니 에러 메시지도 뜨지 않는다. 성공이다! 별것 아닌 일로 그리 기쁠 수가 없었다.

이렇듯 차를 빌리면 사소하지만 심각하게(?) 신경 쓸 일이 생긴다. 그럼에도 나는 로드트립을 계속하려 한다. 자동차 여행에는 분명 장점이 있다. 다른 이유들도 많겠지만 가장 고마운 것은 대중교통으로 가기 힘든 외딴곳을 마음껏 찾아다닐 수 있다는 점이다.

여행을 할 때면 항상 좀 더 많이 보기 위해 열심히 이동하는 나. 워낙 이동이 많은 스타일이라 부지런히 걷기도 하겠지만 차를 적절히 이용하려 한다. 어쩌면 차를 빌리기 힘든 지역에서는 오토바이나 말을 빌려 타고 다닐지도.

판타지 영화의 배경이 된 캐슬 힐(Castle Hill). 대초원과 언덕 위로 온갖 상상을 자아내는 기암괴석들이 펼쳐져 있다. 사람을 닮은 바위, 동물을 닮은 바위, 심지어 괴물을 닮은 바위까지. 어떻게 생겨났는지 신기할 따름이다. 이런 곳에서는 그냥 사진만 찍고 가면 예의가 아니다. 충분한 시간을 할애해 트레킹을 해보기로 했다.

아버지와는 참 오랜만에 함께 걸어본다. 아들 녀석까지 3대가 이렇게 걸을 수 있다는 사실에 감사하며 걸음을 뗐다. 대자연을 온몸으로 느끼며 조용히 사색도 해본다. 그렇게 행복을 만끽하던 찰나, 아버지의 일장 연설이 시작되었다.

한동안 잊고 살았던 가르침과 함께 계속 옛날이야기를 늘어놓으신다. 별로 듣고 싶지 않은 주변 사람들 얘기까지.

가끔 전에 했던 얘기를 또 하시기도 한다. 하고 싶은 말이 많은데 들어줄 사람이 잘 없으셨나 보다. 한편으론 그러려니 하면서도 계속 듣다 보니 슬슬 짜증이 나기 시작했다. 이렇게 평화롭고 환상적인 곳에 와서 모르는 사람의 개인사와 같은 얘기들을 듣고 싶진 않았기 때문이다.

'이를 어쩌나? 앞으로도 계속 이러시면 곤란하다.'

분명 자식에게 도움을 주려는 얘기이겠지만 잔소리는 듣기 거북하기 마련이다. 그러고 보니 나도 아들 녀석에게 똑같이 했을지도 모른다. 어느 순간부터 이 녀석이 아빠와의 산책과 등산을 피하기 시작한 것을 보면 아마 나 역시 나도 모르게 그랬을 것이다.

'세상의 아버지들은 아들에게 해주고 싶은 말이 항상 많지 않을까?'

그렇게 생각하는 순간 아버지가 이해되기 시작했다. 소음 같던 잔소리도 익숙해지면서 참을 만했다. 때로는 자장가처럼 들리기도 했다.

그날 이후에도 아버지의 잔소리는 계속되었다. 하지만 시간이 갈수록, 여행이 깊어 갈수록, 아버지의 잔소리는 사라져갔다. 처음에 많이 하셔서 더 이상 하고 싶은 이야기가 줄었거나, 눈치를 채고 덜 하시거나, 아니면 여행에 몰입되어 보는 것에 더 관심이 많아져서 일지도 모른다.

아버지의 잔소리. 조금 불편하지만 쓸데없다고 생각하지는 말자. 지금은 듣기 싫을지라도, 언젠가 그 잔소리가 듣고 싶은 날이 곧 다가올 테니.

별 보기, 그 낭만에 대하여

자연이 매력적인 곳에 가면 평소에는 잘 하지 않는 일을 하게 된다. 새벽같이 일어나 해돋이를 본다거나, 굳이 해 지는 시간을 알아보고 석양을 본다거나, 밤이 깊은 시간에 별을 보는 행위들. 심지어 나는 새벽에 일어나 안 하던 달리기를 한 적도 있다. 사실 이렇게 하자면 쉬운 일이 아니다. 게으름을 극복해야 함은 물론, 어떤 경우에는 추위와 싸워야 하고 육체적인 고통이 뒤따를 수도 있다. 그럼에도 온갖 불편을 무릅쓰고 시도할 가치가 있는가?

뉴질랜드의 남섬에서는 별을 보기 좋다고 했다. 인적이 드문 곳이 많아서 그렇다. 운이 좋으면 오로라도 볼 수 있다고 한다. 남쪽으로 갈수록 남극과 가까워지므로 남반구의 오로라인 남극광을 볼 가능성이 커진다. 오로라까지는 아니더라도 남반구의 별이라도 제대로 보고 싶었다. 과연 남반

구의 별은 다르게 생겼을까?

별 보기로 유명한 테카포(Tekapo) 호수 바로 앞에 숙소를 잡았다. 멋들어진 호수 전망도 보고 밤에는 별도 볼 목적이었다. 숙소에 도착하니 과연 알아보던 대로였다. 나지막한 산들이 에메랄드빛을 띠는 호수를 살짝 감싸고 있는 듯한 비현실적인 풍경. 주변에 인공적인 시설이 없어 별을 보기에도 최적의 장소 같았다.

고즈넉한 호수 분위기가 마음에 드시는지 아버지는 수시로 산책을 즐기셨다. 아들 녀석은 다른 곳에서 재미를 찾았다. 숙소 주변에 야생 토끼들이 뛰어다녔다. 덩달아 이 녀석도 토끼를 따라 뛰어다닌다. 토끼 보는 재미가 쏠쏠한가 보

다. 저녁에는 모두 함께 호수 저 너머, 산 너머로 해가 지는 모습까지도 보았다. 아직 별을 보지도 않았지만 우리는 이미 충분히 만족하고 있었다.

이제는 별을 볼 차례. 숙소에서 10여 분만 걸어가면 '선한목자교회'라는 작은 교회가 있다. 이곳이 별을 보는 명소라고 했다. 원래는 꼭 가볼 생각이었다. 그런데 우리는 밤늦게 나가기가 귀찮아서인지, 제법 쌀쌀한 날씨가 부담스러워서인지, 아니면 이미 피곤할 정도로 충분히 누려서인지, 별 보기를 포기하고 잠을 청하기로 했다. 아들 녀석도 별을 보러 안 가겠다고 했다. 토끼를 보았으니 괜찮다고 했다.

별을 보는 낭만보다는 실내의 아늑함을 택하고야 말았다. 예전 같으면 일부러라도 찾아다녔을 터인데 우리는 벌써 현실적이 되어버린 걸까? 이제 나도 낭만보다 건강을 생각하는 나이가 되었나? 젊었을 때의 그 열정과 낭만은 사라져 버린 걸까? 이렇게 멋진 추억을 만들 기회까지 포기하다니.

그래도 미련이 남았을까? 새벽에 문득 잠이 깼다. 비록 선한목자교회는 아니더라도 숙소 앞에서 별을 볼 수 있을까 해서 잠시 나가 보았다. 그랬더니 꿈을 꾸듯 별이 쏟아진다. 남반구의 별은 왠지 더 따뜻해 보였다. 한순간의 작은 행복. 이렇게나마 열정의 불씨를 남기고 싶었던 걸까? 아직도 나

에게는 낭만을 바라는 무언가가 마음 한구석에 남아있었는
지도.

아버지도 새벽에 잠이 깨 별을 보았다고 했다. 아들도 밤
중에 문득 별을 보았다고 했다. 아들 얘기는 진짜인지 모르
겠지만 그렇게 믿어 주기로 했다. 아마도 녀석은 꿈속에서
보았을지도.

뉴질랜드에서 가장 인기 있는 트레킹 코스, 후커 밸리 (Hooker Valley)로 떠나는 날. 등산을 즐기시는 아버지는 무척이나 기대하는 눈치다. 전쟁터로 나서는 군인처럼 만반의 준비를 하신다. 챙이 넓은 모자, 등산화, 등산복을 제대로 갖춰 입고, 배낭에는 선크림, 음료수, 간식까지 알뜰히 챙기신다.

"아버지, 여기선 그렇게까지 하실 필요 없어요."

사실 이곳은 높은 산을 오르는 것은 아니기에 딱히 힘들지 않을 것이다. 여름이지만 건조하고 바람까지 불어주니 덥지도 않다. 굳이 철저히 준비해서 갈 필요가 없다는 생각이었다.

후커 호수까지 다녀오는 왕복 3시간 거리의 여정. 우리는 여유 있게 4시간을 할애하기로 하고 발걸음을 뗐다. 출

발한 지 5분도 되지 않아 알 것 같았다. 왜 그리도 사랑받는 곳인지.

눈부신 설산을 배경으로 태초의 계곡길을 걷는 듯하다. 따사로운 햇살, 화사한 들꽃, 신선한 공기, 이름 모를 새소리와 물소리. 불쑥 다가오는 싱그러운 풍경에 온몸이 행복

했다. 그렇게 분위기에 취해 발걸음을 옮긴다. 저 멀리 있는 설산은 바로 눈앞에 있는 듯. 곧 닿을 것만 같은데 한참을 가도 그 자리 그대로이다. 금방 도착할 듯한 거리가 생각보다 멀었다.

출렁다리를 3번 건너야 빙하 호수가 있는 목적지에 도착한다고 했다. 거대 빙하 계곡을 건너기 위해 만들어진 출렁다리. 끔찍하게 인상적이다. 다리에 오르면 심장이 두근두근, 다리는 후들후들. 어서 건너가고 싶지만 다리 위에서 바라보는 풍경은 사람을 계속 머무르게 만든다. 우리나라의 출렁다리와는 달리 대자연의 일부처럼 주변과도 잘 어울린다.

'유행처럼 넘쳐나는 우리의 출렁다리. 언젠가 낡아지면 애물단지, 흉물로 남겠지?'

그렇게 쓸데없는 생각도 하며 3개의 다리를 지나 후커 호수에 도착했다. 새로운 그림이 펼쳐진다. 화창한 날씨에 햇빛을 머금고 더욱 찬란한 설산, 빙하가 녹아 신비로운 색을 띠는 우윳빛 호수, 바람결에 굉음을 내며 부서지고 흔들리는 빙산 조각. 이런 풍경을 보는 날은 살아가면서 자주 있는 날은 아니다.

호수 주변에서 옹기종기 여유를 즐기는 사람들. 우리도 한껏 여유를 부려본다. 아들 녀석은 빙하 조각이 신기한지 이리저리 만지며 장난감처럼 갖고 논다. 호수에 사는 처음 보는 생명체인 벌레에도 관심을 보인다. 아버지는 독특한 돌이 많다며 어차피 가져가지도 못할 수석을 수집하신다. 나는 그저 사람들이 어떻게 노는지 관찰하는 것만으로도 재미있다.

내려오는 길에는 빙하가 녹아 흐르는 계곡물을 페트병에 담아 마셔본다. 과연 빙하수의 맛은 어떨까 궁금했는데, 그냥 물맛이다. 몸에 좋을지 나쁠지는 모르겠지만 왠지 건강해지는 느낌이다.

모든 것이 좋았고 행복했다. 하지만 뒤늦게야 한 가지 문제가 생겼음을 알았다. 나의 목과 팔이 이상했다. 마치 화상을 입은 것처럼 벌겋게 달아올랐다. 햇볕에 장시간 노출된 목 주위와 팔은 시간이 지날수록 따끔거렸고 까맣게 변하기 시작했다.

햇볕을 가리지 않고 선크림도 바르지 않은 탓에 목과 팔이 제대로 익었다. 날씨가 좋다 못해 햇볕이 강렬했던 날. 나는 자연의 힘을 무시한 대가로 영광의 상처를 입었다. 다행히 준비를 제대로 하신 아버지와 할아버지의 보살핌을 받은 아들 녀석은 별문제가 없었다.

2부

블루 펭귄을
찾아서

블루 펭귄을 찾아서

　야생 펭귄을 보고 싶었다. 동물을 무지하게 좋아하는 아들과 나는 아직 야생 펭귄은 본 적이 없다. 예전에 수차례 시도했지만 모두 실패로 끝났다. 뉴질랜드 남섬의 오아마루(Oamaru)라는 지역을 지나면서 이곳이 블루 펭귄 서식지라는 정보를 입수했다. 하지만 자연에서 손쉽게 관찰할 수는 없다고 그랬다. 야생 펭귄을 제대로 보기 위해서는 돈을 내고 보는 곳이 따로 있다고 했다.

　고민이 되었다. 뉴질랜드를 여행하면서 높은 물가 탓에 각종 입장료와 부대 비용이 생각보다 많이 들었다. 알뜰 여행자인지라 돈을 부담 없이 쓸 수는 없는 노릇. 어떻게든 비용을 아끼며 다니다 보니 펭귄을 보기 위해 비싼 돈을 내기가 망설여졌다. 사실 드러내고 싶진 않지만, 나란 사람은 짠돌이 기질이 있다. 쓸데없이 큰 비용을 치르고 어딘가를 가게 되면 억울해서 제대로 즐기지도 못한다.

아버지와 아들에게는 모두 비밀이었다. 입장료를 내고 볼 수 있는 장소가 근처에 따로 있다는 사실을 알리지 않았다. 괜히 얘기해서 내가 초라해지고 싶진 않았다. 그냥 밤늦게 해변으로 가면 길에서도 펭귄이 돌아다닌다고만 말했다.

'이러다 펭귄을 못 볼 수도 있다. 볼 가능성이 있긴 하지만, 만에 하나라도 못 보면 어떻게 변명을 하지?'

우리는 펭귄이 출몰한다는 해변에 일찌감치 도착해 있었다. 주로 나타나는 시각인 밤 9시 30분 보다 1시간이나 일찍. (펭귄이 바다에서 먹이 활동을 하고 그 무렵 퇴근한다는 정보를 현지인에게서 들었다.) 그리고 돈을 내야 하는 쪽과는 일부러 거리를 두고 주변을 살폈다. 아들이 알아챌 수도 있으니.

"아빠, 저기 관광버스가 가는 쪽으로 가보자."

펭귄이 보이지 않자, 눈치 없는 녀석은 계속 돈을 내고 입장하는 곳으로 가려 했다. 그럴 때마다 나는 이런저런 핑계를 대가며 반대 방향으로 유도했다. 아들이 삐딱하다. 사춘기가 되어 말도 안 듣고 자기 멋대로 하려 한다. 그래서인지 유도하는 방향으로 통제가 쉽지 않았다. 한 번씩 화도 내보지만 사실 화를 낼 만한 일은 아니다.

그렇게 기다리고 기다렸다. 우리가 보려는 블루 펭귄은

크기도 작고 검푸른색이라 밤에 잘 보이지 않는다. 사람이 흑인, 백인, 황인으로 구분되고, 다양한 지역에 온갖 종류의 민족이 살아가듯 펭귄도 수없이 많은 종이 있다. 하필이면 그중에서도 가장 작은 종이 바로 블루 펭귄*이다. 눈을 크게 뜨고 이리저리 살피고 살폈다.

　한 시간 정도 기다렸을까? 우리와 같이 기다리고 있던 사람들이 웅성거리기 시작했다. 무언가 보았음에 틀림없다. 아니나 다를까? 인형처럼 깜찍하고 조그만 녀석들이 하나 둘 보이기 시작했다.

　"봤지? 아빠 말만 잘 들으면 된다니까."

실은 무척이나 걱정했는데, 다행히 펭귄이 나타나 주었다. 보물 찾기를 하듯 하나하나 발견하는 재미가 쏠쏠했다. 어느 펭귄은 자기 집을 못 찾아 길거리를 헤매고 있었다. 펭귄은 집을 찾아다니고, 우리는 펭귄을 찾아다녔다. 그렇게 주변 지역을 탐험하며 돌아다니는 대여섯 마리를 더 볼 수 있었다.

어느새 밤 10시가 훌쩍 넘었다. 이제 펭귄에게 작별 인사를 고한다.

'펭귄아, 부디 아무 사고 없이 집에 잘 찾아 들어가렴.'

우리도 늦은 밤 숙소로 들어간다. 혹시라도 로드킬을 할까 조심조심 운전해 가며.

마냥 즐거웠던 밤. 하지만 쌀쌀한 밤 찬바람을 맞은 탓에 아들과 나는 감기에 걸리고 말았다. 항상 준비가 철저하신 아버지는 이날에도 끄떡없으셨다. 그리고 돈이 아까워 고생스럽게 보았다는 얘기는 끝끝내 하지 않았다.

---

* 블루 펭귄은 세계에서 가장 작은 펭귄으로 다 자란 성체의 키가 30cm 수준이다.

여행은 인생과 닮아 있다. 여행 중에 온갖
희로애락을 겪는다. 문제가 끊임없이 발생한다.
하나의 문제를 해결하면 또 다른 문제가 생겨난다.
그것이 무서워 여행을 멀리하진 않겠다.
어떻게든 이겨내야지. 인생을 살아내고 이겨내듯.

모에라키 볼더스(Moeraki Boulders)라는 곳을 가게 되었다. 이곳은 공룡알과 같이 거대하고 신기한 몽돌이 곳곳에 흩어져 있는 아름다운 해변이다. 독특하고 신비로운 그 광경을 볼 때까지만 해도 좋았다. 1시간 정도 여유를 즐기고 돌아가려는 순간, 아들의 행동이 수상했다.

쭈뼛쭈뼛, 낯빛은 어둡고 어딘가 불편한 기색이었다. 주위를 살피며 무언가를 찾는 모습에 심상치 않은 일이 발생

했음을 예감할 수 있었다. 그제야 이 녀석이 고백을 한다. 휴대폰을 분실했다고.

맙소사! 하필이면 낯선 해외에 나와 휴대폰을 잃어버리다니. 도대체 어떻게 찾아야 하나? 그것도 이렇게 끝도 없이 펼쳐진 해변에서. 말 그대로 '모래사장에서 바늘 찾기'가 되었다. 조금 전만 해도 시원하게 펼쳐진 해변이 천국처럼 보였는데, 이제는 우리에게 악몽으로 기억될 최악의 장소가 되었다.

해변을 왔다 갔다 하며 구석구석 샅샅이 살펴본다. 이리저리 뒤지며 돌아보지만 시간만 흘러간다. 해변에 놀러 나온 현지인들에게도 물어본다. 낯을 가리는 아들 녀석도 심각성을 알았는지 절실하다. 지나가는 사람마다 붙잡고 휴대폰을 보았는지 확인한다. 근처에 있는 카페와 기념품 가게에도 수소문했으나 도저히 찾을 길이 없다. 그렇게 1시간을 넘게 찾아다녔지만 헛수고였다. 아들 녀석은 이제 넋이 나간 표정이다. 그도 그럴 것이 본인의 소중한 모든 것이 담겨 있는 물건이기에.

그렇다고 계속 그곳에 머무를 수는 없는 노릇. 포기해야 할 시간이 다가왔다. 한국으로 연락해 아내에게 분실신고를 부탁하고, 현지 카페와 가게에 있는 매니저에게 연락처를 남긴 후 다음 장소로 이동하기로 했다.

휴대폰을 찾으러 다니는 와중에 나는 아들 녀석에게 잔소리를 쏟아냈다. 속상한 마음에 '칠칠치 못한 놈'이라고 했던 소리를 또 했다. 가끔 이런 일을 겪을 때면 그러지 말아야지 하면서도 스스로가 통제되지 않는다. 사람은 누구나 실수를 한다. 특히 경험이 부족한 어린 나이에는 더더욱 그렇다. 그런 사실을 알면서도 가끔 실수를 잘 용납하지 못한다. 실수를 많이 하며 살아왔기에 조심하는 버릇이 생겼고, 어느새 완벽주의 성향이 생긴 것인지도.

'나도 아들 나이 때엔 그렇게 실수를 하지 않았나?'

처음에는 화가 나서 잔소리를 해댔지만 애처로운 생각이 들면서 그만해야겠다는 생각이 들었다. 안 그래도 본인 스스로 스트레스를 받을 텐데 옆에서 더 큰 스트레스를 주고 있으니.

할아버지는 손자가 어떻게든 상처받지 않도록 애쓰셨다. 계속해서 괜찮다고, 그런 일은 자주 있다고, 큰 문제가 아니라고 위로하셨다. 아직은 나에게 연륜이 더 필요할지도 모르겠다. 사소한 실수를 받아들일 수 있는 마음, 그런 너그러운 마음이 조금도 없으니. 뒤늦게야 후회가 들면서, 늦었지만 나도 어색한 위로의 말을 건넸다.

그 후로 한동안은 여행이 즐겁지가 않았다. 화가 나서라기보다는 시무룩한 아들의 모습에 마음이 아팠다.

그리고 황당하게도, 휴대폰은 며칠 후 자동차 시트 아래
에서 발견되었다.

나이 듦과 실수, 그리고 자신감

80이 가까운 나이이지만 아버지는 여전히 운전을 좋아하신다. 뉴질랜드 여행을 한 달 넘게 앞두고 아버지는 이미 국제운전면허증을 발급받으셨다. 렌터카로 여행할 것 같다고 귀띔한 지 1주일도 되지 않은 시점이었다.

뉴질랜드를 여행하며 하루 평균 서너 시간을 운전해야 했다. 이동이 많은 날에는 아버지가 한두 시간씩 운전을 책임지셨다. 예전에 미국, 호주, 유럽 등을 자동차로 여행하며 혼자 운전하던 때에 비하면 큰 도움이 되었다. 뉴질랜드의 길이 좁고 꼬불꼬불해 쉽지는 않지만, 그래도 집중해서 하시기에 별문제는 없었다. 차량이 별로 없는 조용한 도로에서는 거뜬하게 운전을 하셨고, 주차 실력은 나보다도 훨씬 나았다. 운전을 무사히 끝낼 때마다 어깨를 으쓱하며 뿌듯해하셨다.

그렇다고 문제가 전혀 없지는 않았다. 아무래도 판단력이 예전 같지 않으시다. 특히 교차로가 나올 때면 당황해하며 가끔 실수하는 모습이 보였다. 뉴질랜드는 회전 교차로가 일반적인데, 여러 차량이 교차하는 경우에 우선순위를 판단하기 어렵다.

"어, 어, 안 돼요! 그렇게 하면. 그것도 제대로 못 하시면 어떡해요."

작은 실수에도 이상하게 핀잔 섞인 잔소리가 나왔다. 조그만 실수로도 위험해질 수 있기에 예민해졌던 것 같다. 연세가 많으시니 아무래도 반응 속도가 느릴 수밖에 없다. 사실 이런 상황에선 내가 차분하고 친절하게 도와드려야 하는데 나도 모르게 후회되는 말이 나오곤 했다. 그럴 때면 아버지는 풀이 죽은 채로 말이 없으셨다.

사실 나도 그 심정을 잘 안다. 마음은 아직 청춘이라 무엇이든 할 수 있을 것 같은데 막상 하면 뜻대로 되지 않고 실수도 따른다. 어쩌면 아버지에게 도움과 격려가 필요했을 텐데 나는 그렇게 하지 못했다. 그런 일로 아버지가 속상해하며 자존감을 잃으실지도 모르는데, 그 마음을 헤아리지 못했다.

이제는 아버지가 자신감을 갖도록 존중하고 격려하려 한다. 나이가 들어가며 실수를 대하는 자세라 할까? 이제는 지

력도, 체력도 예전 같지 않으니, 인정할 것은 인정하고 좀
더 관대해지자. 아버지에게, 그리고 나 스스로에게도.

P.S. 아버지는 여행 후, 뉴질랜드에서 운전한 경험이
가장 기억에 남는다고 하셨다.

세제를 먹는 사람들

뉴질랜드 사람들은 세제를 먹는다?
결론부터 말하자면, 반은 맞고 반은 틀리다.

뉴질랜드에는 주방이 있는 숙소가 대부분이라 음식을 해 먹는 경우가 많았다. 그럴 때마다 식기를 다시 세척하는 정도까지는 아니더라도 살짝 물에 헹구어 사용했다. 어찌 된 일인지 '뉴질랜드인들은 설거지를 하면서 제대로 헹구지 않는다'는 소문을 들었기 때문이다. 충격적인 얘기였다. 그들은 미지근한 물에 세제를 풀어 식기를 통째로 넣고 세척 솔로 문지른 다음, 물로 제대로 헹구지 않고 타올로 닦아 건조한다고 했다.

특히 테아나우(Te Anau)에서는 욕실과 주방이 공용인 숙소에서 머물렀기에 주방을 이용할 때 각별히 주의를 기울

였다. 식기가 더럽지는 않았지만 깔끔을 떠는 편인 나로서는 도저히 식기를 그냥 사용할 수 없었다. 물로 헹구어 쓰기도 찝찝해 식기를 다시 한번 설거지해 사용했다.

'왜 멀쩡히 씻어 놓은 식기를 다시 씻고 있지?'라고 누군가가 이상한 시선으로 바라보았을지도 모르겠다. 깔끔을 떠는 모습이 그들에게는 이상하고도 남을 일이다.

사실 서양인들의 설거지 방식이 우리와는 다르다는 점은 알고 있었다. 그들은 대체로 물로 대충 헹군 뒤 마른 수건으로 물기를 닦아서 설거지를 끝낸다. 특히 석회질이 있는 물은 그냥 건조하면 하얀 흔적이 남기에 타올로 닦아내는 방식을 쓴다고 들었다. 그래서 가끔은 우리나라에서처럼 열심히 헹군 후, 물기가 있는 상태로 자연 건조하면 오히려 눈치가 보인다. 그 정도로 이해하고 있었는데 뉴질랜드에서는 물로 전혀 헹구지도 않고 남아있는 세제를 먹는 수준이라 하니 어이가 없었다.

그런데 실제로 얘기를 들어보면 과장이 심한 면이 있다. 물로 헹구지 않고 설거지를 끝내는 사람이 있는 반면, 꼼꼼히 헹구어 내는 사람도 있다고 한다. 이민자들이 많은 나라인지라 민족마다 사람마다 각기 다른 문화와 습관을 지녀서일지도 모른다. 어쨌든 '뉴질랜드인들 모두가 설거지를 할 때 헹구지 않는다'고 일반화하는 것은 무리이다. (그래도 누가 설거지를 했는지 모르니 찜찜하게 여기는 분들은 물로 한번 헹구기를 추천한다.)

조금 더 나아가, 뉴질랜드인들이 설령 세제가 남아있는 식기를 이용하고 세제를 조금씩 먹는다고 해서 문제가 될까? 보통 사람들의 걱정과는 달리 그렇게 해도 인체에는 무해한 수준이라고 한다. 게다가 이들이 보편적으로 사용하는 세제는 거품이 잘 나지 않는 천연 세제이기에, 그만큼 많이 헹굴 필요가 없는지도 모른다.

우리는 거품이 나는 세제를 사용해야 왠지 깨끗이 세척했다고 여기지만, 사실 거품과 세정력은 무관하다고 한다. 그러고 보니 나도 모르게 여행을 하며 부끄러운 행동을 한 기억이 있다. 주방세제가 거품이 잘 나지 않아 거품을 내기 위해 일부러 많은 양을 사용했었다. 굳이 변명을 하자면 거품이 잘 나는 우리나라 세제에 익숙해져 있었기 때문이다.

과연 어떠한 방식이 옳을까? 어쩌면 그렇게 대충 헹구는 그들의 방식이 지구 환경을 위해 나을지도 모르겠다. 우리는 아마도 헹구고 또 헹구며 귀중한 물을 낭비하고 있을지도. 환경을 생각해서 물을 덜 사용하고 세제도 덜 사용하는 방법에 대해 한번 생각해 볼 필요가 있지 않을까?

끝없는 인간의 욕심

뉴질랜드에서 가장 유명한 관광지인 밀포드 사운드(Milford Sound). 거대한 산들 사이로 끼어 있는 긴 바닷길을 따라 유람선을 타고 자연경관을 즐긴다. 다양한 종류의 새와 물개도 보고, 운이 좋으면 펭귄, 돌고래와 같은 야생동물도 볼 수 있는 곳이다.

한껏 기대를 안고 떠나기 며칠 전부터 날씨를 알아보기 시작했다. 일기예보가 별 의미가 없을 정도로 날씨의 변화가 심한 뉴질랜드에서, 날씨는 모름지기 당일이 되어 봐야 알 수 있다. 역시나 예보를 보니, 해, 구름, 비, 뇌우 등 표현 가능한 모든 날씨가 애매하게 합쳐져 있다. 이런 흥미로운 예보가 어디에 있을까?

드디어 방문하는 날. 다행인지 불행인지 완전 맑음이다. 당연히 기뻐해야 하겠지만 마음 한구석에 욕심이 자리 잡기 시작했다. 최근에 다녀온 사람들의 얘기를 들어보니, 비 오는 날에 가야 오히려 절경을 볼 수 있다고 한다. 비가 많이 오면 높은 산에서 흘러내리는 수십, 수백 개의 폭포를 감상할 수 있다는 것이다.

'나도 한번 그런 절경을 봤으면. 오늘만큼은 비도 좀 쏟아지고, 맑은 하늘도 함께 볼 수 있는 변덕스러운 날씨라면 얼마나 좋을까?'

배를 타고 유람하는 2시간 동안, 이러한 생각이 떠나지 않았다. 처음의 그 놀라운 경치가 비슷비슷한 풍경으로 바뀌며 감동은 시들시들해졌고 그 생각은 커져만 갔다.

'소나기가 시원하게 한번 내려, 저 산에서 폭포수가 쏟아지면 얼마나 멋질까?'

그렇게 시간은 흘러갔고, 결국엔 스스로 만들어낸 아쉬움을 가득 안은 채 투어가 끝났다. 돌이켜보니 적어도 난 쓸데없는 생각에 그 시간을 제대로 누리지 못했다. 반면에 아버지와 아들 녀석은 아무 욕심 없이 그 순간을 마음껏 즐겼다.

비 오는 날이 어떤 이에게는 불만족이고, 어떤 이에게는 만족이다. 맑은 날도 어떤 이에게는 불만족이고, 어떤 이에게는 만족이다. 누구에게는 비 오는 날도 맑은 날도 불만족이고, 누구에게는 비 오는 날도 맑은 날도 만족이다. 어떻게 받아들이냐에 따라 시시한 여행이 될 수도 있고, 즐거운 여행이 될 수도 있다.

순수한 마음으로 자연을 접하고, 순간순간 행복해지자. 무엇이든 생각하기에 달려있고, 마음먹기에 달려있다. 쓸데없는 욕심을 버리자. 그래야 행복이 달아나지 않는다.

날씨 욕심에 더해, 이곳에 서식하고 있는 야생동물을 모조리 보고야 말겠다는 욕심까지 있었다. 펭귄과 돌고래를 보지 못하고 갈매기와 물개만 보게 되어 실망하기도 했다. 참으로 못났다. 나만 이렇게 욕심이 많은 걸까?

동물들의 낙원

뉴질랜드의 대표적인 관광도시인 퀸스타운. 우리는 이곳에서 사람들이 많이 찾는 볼거리와 놀거리를 제쳐 두고, 디어 파크(Deer Park)라는 동물원(?)을 우선 다녀오기로 했다. 아버지와 아들 녀석을 위해 특별히 배려한 일정이라 할까? 보통 나이 드신 분들과 아이들이 동물을 좋아하는 경향이 있다.

조금 더 솔직하자면 내가 가고 싶은 이유가 더 컸다. 동물 마니아인 아들 녀석과 함께하다 보니 어느새 닮아가고 있었다. 아들과 난 언제부터인가 세계 최고의 동물원*을 찾아다니고 있다. 그러다 보니 형편없는 동물원에서부터 가히 동물들의 낙원이라 할 수 있는 곳들까지 보게 되었다.

디어 파크는 꽤나 독특한 곳이다. 이곳은 거대한 산 하나를 통째로 동물들이 살도록 해 두었다. 이런 경치 좋은 곳을

동물을 위해 통 크게 할애했다는 사실만으로도 신기하다.
우리나라 같으면 레스토랑, 카페, 리조트 등 각종 관광시설
이 들어섰을 법한데. 어째 개발도 하지 않고 동물들만 자유
롭게 활보하는, 마치 방치된 장소와 같다.

비포장 산길을 따라 올라가다 산 중턱에 들어서면 먼저
오리와 돼지 무리가 사람을 무던히도 반긴다. 곧 본인들에
게 맛있는 먹거리가 제공될 거라는 사실을 경험으로 아나
보다. 오리와 돼지라? 다소 괴상한 조합인 것 같기도 하다.
굳이 이유를 찾자면, 먹이가 겹쳐 서로 공생하며 한편으론
경쟁 관계에 있는 듯하다. 돼지가 좀 더 힘이 세다고 해서
오리를 잡아먹지는 않는다.

　산 중턱을 지나 정상으로 향해 가다 보면 디어 파크의 주인공이라 할 수 있는 사슴 무리와 산양, 염소, 소, 알파카 떼를 만난다. 사람을 전혀 무서워하지 않고, 심지어 무시하는 듯한 표정이다. 마치 '이런 곳은 처음이지? 지금 식사 중이니 방해하지 말고 조용히 놀다 가게'라고 말하는 듯 입을 오물거린다. 전망 좋은 레스토랑에서 식사를 즐기는 사람들처럼 환상적인 경치를 즐기며 풀을 뜯는 녀석들. 동물들이 부럽기는 처음이다.

주인은 왜 이렇게 풍경이 멋진 곳을 동물들의 낙원으로
만들어 놓았을까? 어쩌면 동물을 무척 사랑하는 사람일지
도 모르겠다. 아니면 다른 현실적인 이유가 있을지도. 이를
테면 퀸스타운의 곤돌라 주변은 전망대와 편의시설들을 만
드느라 흉측한 모습으로 산을 깎아 놓았다. 관광객을 유치
하는 효과도 있겠지만, 자연을 훼손한 흉물이라 비난하는
이들도 있을 게다. 그래서 디어 파크 구역은 이와 같은 논쟁
이 발생하지 않도록 자연 그대로 보존하기 위해 개발이 제

한되어 있을지도 모르겠다.

뉴질랜드 사람들에게는 미안한 얘기지만, 사실 뉴질랜드는 대자연을 제외하면 그리 매력적인 나라가 아니다. 대자연의 위대한 모습을 볼 수 없다면 누가 이 나라를 찾겠는가? 그러니 사람의 힘을 굳이 더하지 않고 신이 주신 자연(自然), '스스로 그러한' 그대로 두는 것이 가장 의미 있지 않을까?

---

* 디어 파크를 우리만의 '세계 최고의 동물원 리스트'에 추가하기로 했다. 아들 기준 Top 5 (미국 샌디에고 동물원, 싱가포르 동물원, 타이베이 동물원, 베트남 푸꾸옥 사파리, 스페인 카바르세노 자연공원), 아빠 기준 Top 3 (호주 타즈매니아 Unzoo, 프랑스 몽펠리에 동물원, 스페인 카바르세노)

해외 어디를 가든 베트남 식당을 자주 찾는다. 음식이 입
맛에 맞기도 하고 비교적 저렴한 가격이 마음에 들기 때문
이다. 뉴질랜드에서도 그럴 것 같아 베트남 식당을 찾았다.
하지만 한번 방문하고 나서 다시 가기 망설여졌다.

쌀국수 한 그릇에 2만 원. 가격이 비싸다는 생각이 지워
지지 않았다. 예전에 베트남에서 번듯한 식당의 쌀국수를 2
천 원에 먹은 기억이 난다. 무려 10배의 가격. 단순히 비교
하는 것은 무리이겠지만 왠지 억울한 느낌이 들었다. 돈이
아까워 쌀국수 한 그릇도 부담을 느끼게 될 줄이야. 뉴질랜
드의 외식 물가는 과연 세계 최고 수준이었다.

음식점마다 비싸긴 했지만 장점(?)도 있었다. 고어
(Gore)라는 작은 마을을 지나다 먹었던 수제 버거. 가정집
같은 곳에서 다양한 재료의 색다른 버거를 팔았다. 동네 사

람들이 끊임없이 찾던 곳. 맛 때문이었을까 아니면 다른 이유가 있었을까?

버거가 나오자 알 것 같았다. 슈퍼(Super)? 울트라(Ultra)? 빅(Big)? 메가(Mega)? 어떤 수식어가 적당할지. 빵 사이로 보이는 큼직한 스테이크 두 덩이, 두툼한 베이컨 두 조각, 고기 패티, 감자튀김, 치즈, 그리고 다양한 종류의 야채까지. 왠지 거인들의 나라에 온 듯했다. 이곳 사람들은 한 사람이 이 많은 양을 먹을 수 있을까? 하나만 시켜도 두 사람이 배불리 먹을 수 있을 정도였다.

그렇게 따지자면 또 기억나는 곳이 있다. 와나카(Wanaka) 호수 근처에 있던 부리또 가게. 부리또의 사이즈가 유별났던 곳이다. 적게 먹는 사람들이라 세 사람 모두 스몰(Small) 사이즈로 주문하면서도 혹시나 양이 모자랄까 염려했는데.

기우였다. 한국에서 먹던 부리또와는 차원이 달랐다. 혹시 스몰이 맞는지 다시 확인까지 할 정도. 부리또를 좋아하고 식욕이 왕성한 아들 녀석도, 서양 음식도 가리지 않는 아버지도 반밖에 먹지 못했다. 다음에 간다면 스몰이 아닌 키즈(Kids) 부리또를 주문해야 할 것 같다.

양에서도 가격에서도 둘째가라면 서러워할 뉴질랜드 식당들. 적은 양을 저렴하게 찾는 나와는 맞지가 않았다. 심지어 맥도날드와 같은 패스트푸드점도 양은 많지만 가격이 비쌌으니. 그렇다면 무얼 먹고 다녀야 하나?

어떻게든 원재료를 구입해 만들어 먹어야 했다. 다행히 소고기, 양고기, 유제품, 채소와 과일 등 식재료 가격은 그런대로 저렴하다. 아무래도 현지에서 많이 생산되기에 그렇

다. (계란은 엉뚱하게도 비쌌지만.) 식재료를 마트에서 구입해 숙소에서 직접 해 먹는 것이 최선이었다. 사람이 귀한 나라에서는 사람 손이 필요한 서비스를 받으려면 비싼 대가를 치러야 하니.

음식을 손수 만들어 먹어야 했던 다른 이유도 있었다. 뉴

질랜드는 음식이 맛없기로 유명한 영국의 영향을 받은 나라. 그래서인지 제대로 된 맛집을 찾을 수가 없었다. 기껏해야 유명한 음식이 홍합과 연어 정도인데, 사실 간편식에 가까워 요리라고 하기엔 무언가 부족했다.

누군가는 여행의 즐거움을 음식에서 찾을지도 모른다. 이들에게는 뉴질랜드가 썩 좋은 여행지가 아닐 것이다. 대체로 양은 많지만 비싸고 평범한 음식들. 미식(美食) 여행을 즐기는 사람이라면 뉴질랜드는 다시 한번 고민해 보시길.

뉴질랜드 남섬에는 빙하 체험을 할 수 있는 마을이 있다. 대표적인 곳이 프란츠 조셉(Franz Josef)과 폭스 빙하(Fox Glacier)인데, 우리는 폭스 빙하를 보기로 했다. 빙하를 볼 수 있는 전망대가 꽤나 떨어진 곳에 있어 멀찍이서 겨우 빙하를 볼 수 있었다.

20년 전 프란츠 조셉에서 빙하에 직접 걸어 올라갔던 기억이 난다. 이제는 빙하가 많이 녹아서인지 그런 프로그램은 없는 듯하다. 그때만 해도 아무렇지 않게 빙하에 올라 탐험을 했는데 무언가 문제가 생겼나 보다. 이제는 그러한 지역은 사라지고 사람들의 접근을 막아 놓았다. 다음에 올 때에는 멀리서 구경하는 이 풍경 마저도 제대로 못 볼지도 모르겠다.

세계 곳곳에 기후변화로 인해 기상이변이 속출하고 있

다. 뉴질랜드도 예외는 아니다. 우리의 여행 시즌에도 날씨로 인한 대형 사건이 두 건이나 있었다. 여행 시작 전, 오클랜드 공항은 전에 없던 홍수로 며칠간 폐쇄되었고, 여행 중에는 유례없는 태풍이 북섬을 강타했다. 유난히 습했던 최근 여름, 기록적인 폭우가 쏟아졌다. 200년 만의 최대 강우량이었다고 한다. 게다가 뉴질랜드 사상 가장 따뜻했던 해라는 기록이 매년 갱신되고 있다.

자연으로 먹고 사는 뉴질랜드는 환경보호에 적극적일 수밖에 없다. 뉴질랜드에 입국하기 위해서는 '환경세'를 내야 한다. 다른 나라에서는 볼 수 없는 환경세가 단순히 입국세를 넘어 마치 '경고장'처럼 느껴진다. 여행자들도 환경 문제에 대해 책임 의식을 갖고 행동해 달라는.

사실 여행자들이 무심코 쓰고 버리는 일회용품과 쓰레기들이 적지 않다. 적어도 뉴질랜드를 여행하며 숙소의 일회용품은 찾아보기 힘들었다. 일회용품을 최대한 줄이려는 노력들. 칫솔이 제공되지 않는 것은 당연하고, 샴푸와 바디워시 등도 대부분 리필제품이었다. 그리고 마트를 비롯한 모든 가게에서 비닐봉지를 사용하는 모습은 찾아볼 수 없었다.

자연을 보존하려는 유별난 모습도 관찰할 수 있었다. 국토 개발에 있어 전혀 적극적이지 않는 태도라 할까? 어쩌면

뉴질랜드다운 풍경을 지키려는 노력으로 이해할 수도 있겠다.

뉴질랜드 최고의 명소인 밀포드 사운드에 가기 위해서는 호머(Homer) 터널이라는 곳을 지난다. 20년에 걸쳐 수작업으로 거대한 바위산을 뚫어 만들었다는 터널. 1954년에 개통된 좁고 긴 1차선 터널로 70년이 지났는데도 바뀐 게 없다. 양방향 차량 운행이 불가해 이곳을 통과하기 위해서는 20분가량을 대기한다. 불편함을 무릅쓰고 그대로 두는 이유는 무얼까? 토목 기술력이 부족해서? 아니면 일부러 대기하면서 주변의 풍경을 즐기라고?

그들은 도로도 쓸데없이 크게 내지 않고 다리도 최소한으로 만든다. 이곳의 도로는 좁디좁아 운전자에게는 피곤하다. 인구에 비해 넓은 땅을 가졌음에도 도로를 넓게 내는 데 인색하다. 강과 개울을 건너는 다리도 한 차선이다. 처음 보았을 때에는 반쪽짜리 다리 같았다. 한쪽이 건널 때에는 다른 한쪽은 기다려야 한다. 예산 문제와 같이 다른 이유가 있는지는 알 수 없지만 적어도 내 눈에는 환경을 생각해서 그런 것으로 보였다.

환경보호를 위한 그들의 노력. 어찌 보면 단순하고 우스꽝스럽기도 했지만 불편함을 무릅쓰고 다방면으로 애쓰는 모습이 인상적이다. 최근 우리나라는 전국 곳곳에 스카이워크, 케이블카, 출렁다리 등 인공 구조물을 설치하느라 야단법석이라 한다. 무엇을 위해서인가? 당장은 관광 수입을 올릴 수 있을지 모르지만 언젠가는 자연을 파괴한 대가를 치를지도.

여행 운과 걱정

나는 여행에서만큼은 날씨 운이 참 좋은 편이다. 예전에 남유럽 겨울 여행을 1달 이상 하면서 우기임에도 비를 만난 적이 거의 없었고, 이번 뉴질랜드 여행에서도 마찬가지다. 남섬을 여행하는 2주 동안 계속 맑고 화창한 날이 대부분이었다.

하지만 이제 운이 다한 것일까? 남섬 일주가 끝나갈 무렵, 어마어마한 태풍이 다가온다는 소식을 들었다. 우리가 며칠 후 가기로 되어있는 북섬 웰링턴 항구를 지난다는 기분 나쁜 뉴스였다. 혹시라도 태풍으로 인해 여행 일정에 차질이 생길까 걱정이 앞섰다. 그렇게 핫하다는 팬케이크 바위(Pancake Rocks)를 보러 가서도 계속 하늘의 먹구름만 눈에 들어왔다.

이번에도 운이 따랐던 걸까? 다행히 태풍은 우리가 북섬으로 가기 바로 이틀 전, 북섬을 강타하고 지나갔다. 우리가 도착하기 전 물러났다는 사실에 또 행운이 함께했다 생각했다. 그렇지만 날씨 운이 항상 여행 운과 연결되는 것은 아니다.

북섬으로 넘어가기 위해 '인터아일랜더'라는 페리를 예약해 두었는데, 혹시 해서 예약 상황을 점검하러 홈페이지에 들어가 보았다. 그러다 반갑지 않은 공지를 접했다. 왜 항상 공지는 좋지 않은 소식들 위주일까? 사람 속을 태우고, 계속 신경 쓰게 만드는 내용들이었다.

공지 (탑승 3일 전)

태풍으로 인해 페리 운항 전면 금지, 페리 터미널 폐쇄

공지 (탑승 2일 전)

태풍은 지나갔지만, 시설물 파손으로 인해 운항 불가

공지 (탑승 1일 전)

시설이 복구되고 배는 준비되었지만, 직원이 모자라서 결항

공지 (탑승 당일 오전)

직원이 확보되었지만, 서비스에 제한, 일부 편만 선택적 운항

태풍이 지나갔다고 해서 바로 배가 정상 운항할 수 있는 상황이 아니었다. 수습하는 시간이 필요했던 것이다. 그렇다고 해서 운항 재개까지 이렇게 오랜 시간이 걸릴 줄은 몰랐다. 태풍으로 인해 업무에 복귀하지 못한 직원까지 있을 줄이야. '이러다 정말 결항이 되면 어쩌지?' 행여나 우리가 예약했던 배편이 결항이 될까 봐 걱정이 되기 시작했다.

결항이 되면 아무 대책이 없다. 페리가 한정되어 있어 대체 편이 없고 그냥 환불해 준다고만 했다. 다른 날짜로 예약하려 해도 성수기여서 보름 이상을 기다려야 한다. 항공편을 이용하는 방법도 있겠지만, 공항이 있는 다른 도시로 장거리를 이동해야 하고 비행기표를 쉽게 구할 수 있으리라는 보장도 없다. 게다가 우리는 렌터카도 함께 가야 하는 상황이었다. 렌터카를 배에 싣고 이동해 북섬에서 이용하고 그곳에서 반납하기로 되어 있기 때문이다.

결항이 될 경우, 여행은 완전히 엉망이 되는 상황이었다. 아버지와 아들 녀석에게는 얘기도 하지 못했다. 괜히 이것 때문에 걱정을 전염시키고 싶지는 않았다. 그렇게 탑승 당일까지 혼자서 끙끙 앓으며 온갖 걱정에 시달렸다. 그러다 당일 오후 3시 무렵, 선사로부터 이메일이 왔다. 바로 3시간 후에 예약한 페리가 출항해야 하는데 이게 무슨 경우일까?

'결국 올 것이 오고야 말았구나. 결항을 알리는 내용이겠

지?'

예약에 변동 사항이 없으면 연락이 없을 텐데, 메일을 보내왔다는 것은 분명 불길한 징조였다. 불안한 마음으로 메일을 열었다.

"업무량 증가로 부득이하게 1시간 지연 출발합니다."

운항은 한다는 얘기인데, 오랜만에 운항을 재개하다 보니 업무량이 많아 출발이 늦어진다는 것이었다.

어찌 되었든 다행이다. 출발이 지연된다는 반갑지 않은 공지가 그렇게 반가울 수가 없었다. 배를 탈 수 있다는 사실만으로도 감사했다. 모든 걱정들이 순식간에 사라졌다. 그때까지만 해도 더 큰 어려움이 곧 닥칠 거라는 생각은 전혀 하지 못했다.

3부

비바람이 치던
바다

가진 것이 없으면 잃을 것도 없다

태풍으로 인해 사흘 만에 첫 항해. 운 좋게 결항은 피했고 이제 남섬 픽턴에서 북섬 웰링턴으로 저녁 페리를 타고 건넌다. 픽턴 항구에서 렌터카를 페리에 싣는데 페리의 크기가 실로 어마어마하다. 자동차, 캠핑카, 트럭까지 닥치는 대로 싣는다. 이러다 배가 가라앉지는 않을까?

웰링턴까지는 3시간이 넘게 걸린다고 했다. 안 그래도 늦은 시간 운항이라 마음이 불안한데, 저녁 6시에 출발 예정이었던 페리는 공지한 1시간 지연을 훌쩍 넘겨 저녁 7시 30분에야 출발했다. 그래도 차량을 배에 싣고 모든 탑승 절차를 마치니 마음이 한결 가벼워졌다.

노을이 지는 픽턴 항구를 바라보며 이제껏 긴장했던 마음을 위로한다. 윤슬이 반짝반짝. 저녁 햇살이 바다 위로 무수히 빛난다. 바람마저 잠시 쉬어 가는 잔잔한 풍경들. 이상

하리만큼 고요한 바다와 같이 내 마음도 고요해진다.

그렇게 평화로운 시간이 지속될 줄 알았는데. 태풍의 여운이었을까? 픽턴을 떠날 무렵 잔잔했던 바다는 30분쯤 후, 쿡 해협을 지나면서 거친 파도가 치는 바다로 변했다. 해질녘의 평화로운 풍경도 한 치 앞이 안 보이는 캄캄한 모습으로 바뀌었다. 그러자 또 다른 걱정과 두려움이 엄습해 왔다.

"쾅, 콰쾅!"

어디선가 대포 소리가 들려왔다. 알고 보니 파도가 배를 때리는 소리이다. 마치 배를 부술 것만 같다. 거친 파도에 거대한 배가 종이배처럼 흔들리기 시작했다. 배 안의 사람들과 물건들도 동시에 미친 듯 요동친다. 레스토랑의 접시와 수저를 비롯해 온갖 집기들이 떨어지고 깨지는 소리가 요란하다. 거기에 더해 아이들 우는 소리, 사람들의 두려운 표정들로 공포는 더해갔다.

"진정하세요, 여러분. 별일 없을 거예요. 멀미 봉투와 물을 나눠 드릴게요."

승무원들이 이리저리 뛰어다니며 승객들을 안심시키려 했지만 말 그대로 난장판이 되었다. 여기저기서 멀미로 구토하는 사람들, 어지러움을 호소하며 쓰러진 사람들, 심한 흔들림에 넘어진 사람들. 모든 사람들의 표정엔 웃음기가 싹 사라졌다. 시간이 갈수록 공포는 커져만 갔고, 이러다 죽을지도 모른다는 두려움마저 들었다.

'과연 나는 오늘 죽어도 여한이 없는가?'

그 순간의 두려움에 온갖 생각이 다 들었다. 함께 있던 아버지도 심각한 표정으로 아무 말이 없으셨고, 철없는 아들 녀석도 철든 사람처럼 분위기를 알아채고 긴장하고 있었다.

"걱정 마세요! 이런 일은 여행하다 보면 흔히 있어요. 아무 일 없어요."

아버지께 그렇게 말씀을 드렸지만 사실 흔히 겪는 일은 아니다. 이런 공포스러운 날은 난생처음이었다.

"아들, 걱정 마! 이 정도 가지고 뭘. 바이킹보다 덜 흔들리는데."

그렇게 웃으며 말을 하지만 놀이기구와 비할 바가 아니다. 웃는 게 웃는 게 아니었다. 어떤 상황이 발생할지 모르기에 두려운 생각들로 가득했다.

'가진 것이 없으면 잃을 것도 없다*'고는 하지만, 나는 이대로 죽고 싶진 않았다. 아직 하고 싶은 일들도 많이 남았고 사랑하는 이들과 이별할 준비도 안 되어 있기 때문이다.

그렇게 공포의 3시간이 3일처럼 흘러갔다. 온갖 요상한 생각이 머릿속을 지나갔다. 오랜 악몽을 꾼 듯했다. 그래도 다행히 배가 잘 버텨주었다. 밤 11시가 넘을 무렵 우리는 죽

지 않고 살아서 북섬에 발을 디딜 수 있었다.

　뒤늦게야 알았다. 뉴질랜드의 남북섬을 잇는 페리들은 20년 이상의 오래된 배가 많아 고장이 잦고 수시로 결항된 다고 한다. 게다가 페리가 지나는 쿡 해협은 조류의 흐름이 빨라 운항에 매우 가혹한 환경이라 한다. 미리 알았더라면 애초에 렌터카를 배에 싣고 건널 생각을 않았을지도.

---

* 타이타닉 대사 中. (When you got nothing, you got nothing to lose.)

한인 교포의 삶은 과연 어떨까? 삶이 순탄하거나 생활이 만족스럽지만은 않겠지? 머나먼 이국땅에서 잘 정착한 이들도 있겠지만, 이런저런 이유로 고국으로 돌아가지 못하고 고향을 그리워하며 지낼지도.

한인 교포가 많이 산다는 도시에서 한번은 일식당을 찾았다. 들어서자마자 주문을 받고 음식을 만드는 동양인 주인의 모습에서 한국 사람의 분위기가 느껴졌다. 보면 볼수록 확신이 들었다. 나에게는 서양인을 구분하진 못하지만 동양인, 그중에서도 한·중·일 사람을 구분하는 비상한 능력이 있다.

둥글둥글한 얼굴, 배가 살짝 나온 체형, 무뚝뚝한 표정과 머뭇거리는 행동, 거기에 한국식 영어 말투까지. 딱 봐도 한국 중년 아저씨의 모습이었다. 반가운 나머지 '한국인이시죠?'라는 말이 나올 뻔했지만, 감히 얘기할 순 없었다. 우리가 한국인이라고 해서 반가운 기색이 없는데, 군이 그렇게 말한다면 오히려 불편해할 것 같았다. 우리 일행이 한국말로 얘기하는 것을 분명 들었을 텐데, 식당 주인은 끝까지 영어로 얘기를 했으니.

나 같으면 한국인이 와서 무척 반가웠을 텐데. 그 주인은 우리가 떠날 때까지 영어를 사용하며 한국인임을 내보이지 않았다. 왜 그랬을까? 처음에는 섭섭한 마음이 들기도 했지만 그럴만한 이유가 있을 거라는 생각이 들었다. 뜨내기 여행자들이 귀찮았을지도 모르고, 한국이 싫어서 떠나왔거나 스스로 본인의 일에 만족하지 못했을지도 모른다.

뉴질랜드의 일식당 주인들은 일본인이 아닌 한국인이 대부분이라고 했다. 가끔 중국인이 운영하고 있는 경우도 보았다. 그러고 보니 숙박업소나 식당에서 한국계 이민자를 접할 기회가 제법 있었다.

한번은 계획에도 없던 작은 마을에서 점심을 먹을 일이 생겼다. 식사 시간이 애매해 간단히 요기나 하려고 찾았던 곳. 독특한 가게 이름이 눈에 띄어 들르게 되었다. KCB (K-Chicken Bistro). K 푸드임을 내세우고 영업을 하고 있었다. 패스트푸드 치고는 고급스러운 이미지. 한국인이 전혀 찾을 것 같지 않은 외진 곳에서 현지인을 상대로 영업하고 있었다.

"한국인이시죠? 어떻게 이런 곳까지 찾아오셨네요?"

식당 주인이 우리를 보자마자 한국인임을 알아채고 말을 걸어왔다. 밝은 표정과 친절한 말투도 기분이 좋았지만, 먼저 말을 꺼내기도 전에 그렇게 건네 온 말 한마디에 기쁘기까지 했다.

한국 사람이라 반가워서 그랬을까? 유난히도 친절했던 서비스와 특별했던 음식. 기분 좋게 한 끼를 해결할 수 있었다. 한국 사람과 그리도 말하고 싶었을까? 이민 생활의 애환과 현지 정보를 조금이라도 더 얘기해주고 싶어 했다.

인구 500만의 뉴질랜드. 우리나라의 10분의 1 수준이다. 반면 국토 면적은 우리나라의 2배 이상. 인구밀도가 낮다 보니 가는 곳마다 조용해서 좋았지만, 곳곳에서 일손이 부족해 보였다. 해외로부터 이민자를 적극 유치할 수밖에 없다. 그렇다면 뉴질랜드는 과연 이민자의 천국일까?

이방인의 삶은 어디에서나 호락호락하지 않다. 기득권이 차지하고 있는 견고한 지위로 아무리 노력해도 한계가 있을 것이다. 아무래도 일거리는 더럽고, 힘들고, 위험한 일이 많을 테고, 이마저도 급여(*)가 높지 않으니 물가 비싼 국가에서 살아가기가 쉽지 않을 것이다.

　이민자의 지위가 열악한 상황에서, 한국인의 정체성을
드러내고 살아가는 사람들과 감추며 살아가는 사람들. 한국
인으로서 떳떳하고 자랑스러운가? 아니면 저임금 노동자로
서 부끄러운가? 그것도 아니면 한국이 싫어서 왔으니 한국
인이 보기조차 싫은 걸까?

　이민자들 마다 각자의 삶이 다르고 마음가짐도 다를 것

이다. 스쳐 가는 여행자가 그 삶을 제대로 이해하고 감정을
헤아릴 수도 없을 것이다. 그렇다 하더라도 적어도 한국인
끼리 보게 되면 서로 반가웠으면. 머나먼 타국에서 서로에
게 힘이 되었으면.

* 뉴질랜드 이민자 출신 별 급여 수준 조사에서, 한국계는 유럽계는 말할 것도 없고
  중국계, 인도계 이민자들 보다도 급여 수준이 낮다는 연구 결과가 있다.

여행을 할 때, 사람들은 하루에 얼마를 걸을까? 나이, 몸 상태, 취향에 따라 다르겠지만, 평소보다는 많이 걸을 것이다. 나는 걷기를 좋아하는 편이라 평상시에 약 8천 보를 걷고, 여행을 할 때면 2배인 1만 6천 보를 걷는다. 거리로 따지자면 10km 정도이고, 시간으로 따지자면 약 3시간이다.

이런 이야기를 하는 이유는 뉴질랜드 북섬 여행의 하이라이트라 할 수 있는 통가리로(Tongariro) 국립공원*의 트레킹 코스 때문이다. 이곳에 가려는 사람들은 모두 한 번쯤은 가장 인기 있는 코스인 '통가리로 크로싱'을 생각해 본다. 과연 우리도 통가리로 크로싱에 도전할만 한지 계산해 보았다. 산길임을 감안해 약 3만 보, 20km 거리로 7시간 정도를 걸어야 한다는 결론이 나왔다.

우리는 통가리로 크로싱을 목표로 전날 저녁 통가리로

국립공원에 도착했다. 잘 쉬고 최상의 컨디션으로 도전할 생각이었다. 하지만 문제가 생겼다. 이곳에서 머물렀던 숙소는 불편하기 짝이 없었다. 욕실이 좁은 데다 세면대가 너무 작아 양치도 제대로 못 할 지경이었고, 세수나 샤워를 하면 물이 튀어 주변이 물바다가 되었다. 객실 역시 보조 침대인 소파베드를 펴면 공간이 거의 없었다. 발 디딜 틈이 없어 움직이기가 아주 불편했다.

결국 제대로 쉬지 못하니 다음날에 영향이 있었다. 잠을 편히 자지 못했다. 오전 7시 전에 출발해야 하는데 6시쯤 눈을 뜨니 몸 상태가 엉망이었다. 20km를 도무지 걸을 자신이 없었다. 결단이 필요했다.

"아들, 우리 무리하면 다음 일정도 망칠지 몰라. 게다가 넌 감기까지 걸렸잖아."

내가 힘들어 포기하자고 하면서 아들의 감기 핑계를 댔다.

"아빠, 그래도 해보고 싶어. 난 할 수 있어."

눈치 없는 아들 녀석이 그래도 가겠다고 한다. 잠시 갈등을 했지만, 완벽하지 않은 컨디션을 핑계로 일방적인 결정을 내렸다. 다른 쉬운 코스로 다녀오기로. 이곳에 오기 전, 아들에게 도전 정신이 필요하다며 헛바람을 잔뜩 집어넣었는데 마음 한구석이 불편했다.

우리는 골룸 폭포와 타라나키 폭포 트랙을 돌아보는 3시간짜리 코스에 더해, 소다 스프링스까지 다녀오는 3시간짜리 트레킹 코스를 하루 종일 소화했다. 아버지와 아들 녀석은 걱정과는 달리 전혀 힘든 내색을 하지 않았다. 가는 곳마다 나보다 한참을 앞서 힘차게 걸어 다녔다.

그럭저럭할 만했고, 그런대로 만족했다. 짧은 코스를 다양하게 다니는 방법도 나름 괜찮았다. 아니, 오히려 더 다양한 곳을 보았다고 자위할 수도 있겠다. 그렇지만 아들 녀석은 불만족스러운 눈치였다. 사실 녀석은 통가리로 크로싱을 꼭 하고 싶어 했다. 볼거리가 더 많아서라기보다는 무언가

도전해서 성취하는 그 기쁨을 맛보고 싶었던 것이다.

하루 일정을 마치고 우리가 걸은 거리를 확인해 보았다. 3만 2천 보, 24Km 이상을 걸었다. 결국 통가리로 크로싱이 20km가 되지 않으니 더 많은 거리를 다닌 셈이다. 조금 더 의지를 갖고 서둘렀더라면 충분히 크로싱을 하고도 남았을 것이다.

'아! 너무 쉽게 포기했구나. 미리 겁먹지 말았어야 했는데.'

후회와 아쉬움이 밀려왔다. 아들의 얼굴을 볼 때면 더더욱 그랬다. 그 미련은 그곳을 떠날 때까지도 지워지지 않았다. 아마 평생 지워지지 않을지도 모른다. 그래도 억지로 스스로를 위로해 본다. 아쉬움이 남아야 다시 오는 법이다.

* 통가리로 국립공원: 유네스코 세계문화유산으로 지정된 뉴질랜드 최초의 국립공원으로, 영화 '반지의 제왕'에 나오는 운명의 산 '나우루호에 화산'이 있는 곳이다. 이곳에는 초보자부터 전문가까지 즐길 수 있는 트레킹 코스가 1시간에서부터 3일 코스까지 다양하게 있다.

키위새와 내리사랑

    뉴질랜드의 토종새이자 국조인 키위(Kiwi). 부성애가 아주 강한 녀석으로 수컷이 새끼의 양육을 책임진다. 그래서 새끼를 돌보는 수컷 키위새에 빗대어 가사와 육아에 협조적인 남편을 '키위 허즈번드'라고 부른다. 우리나라도 늦게나마 사회 분위기가 바뀌어 키위 허즈번드가 늘어나고 있다. 이제서야 아빠들이 제 역할을 하려 하지만 쉽지는 않다.

    아빠가 되면 자식 걱정을 달고 살아간다. 그리고 자식을 키우면서야 알게 된 부모님의 사랑. 이제는 그 사랑을 이해하게 되면서 아버지와는 아무 문제가 없을 줄 알았는데, 여행을 하며 아무것도 아닌 일로 부딪히게 되었다.

    후카 폭포(Huka Falls) 근처의 한 카페에서 간단히 점심을 해결하기로 했다. 음료와 함께 빵 종류를 하나씩 골랐다. 아들 녀석은 고기와 야채가 듬뿍 들어있는 샌드위치, 아버지는 맛은 없어 보여도 건강에 좋을 것 같은 빵, 나는 적당한 크기의 미트파이를 주문했다. 음식이 나왔고, 예상대로한 끼를 때우기에는 다소 부족해 보였다. 그 순간, 아버지가본인의 빵 절반을 뚝 떼어 손자의 접시에 놓는다.

"한창 자랄 나이에는 많이 먹어야 한다."

본인도 음식이 충분하지 않을 텐데 아버지는 계속 덜어주려고 하셨다.

"좀 그러지 마세요! 애 버릇 나빠집니다."

나도 모르게 짜증 섞인 말투가 나왔다. 그러면서 식사 분위기는 얼어붙었고 아버지의 표정은 어두워졌다. 굳이 그렇게까지 화낼 필요는 없었는데, 내가 왜 그랬을까?

음식점에 가서 주문할 때면 아들 녀석은 아무 생각 없이비싼 음식을 골랐다. 보통 맛은 있어도 양이 적은 그런 음식. 반면에 아버지는 저렴하고 양이 많아 보이는 음식을 시키셨다. 그러고는 항상 본인은 배부르다고 하면서, 자신의음식을 손자에게 덜어주려 하셨다.

당신이 드시지 않고 계속 손자를 챙기시는 모습이 못마땅했다. 매번 음식값에 부담을 느껴 음식을 마음껏 고르지않으시는 모습도 싫었다. 그 마음을 이해 못 하는 것은 아니지만 괜히 철없는 아들 녀석을 더 버릇없이 만드는 것 같기도 했고, 돈을 여유롭게 써가며 좋은 음식을 대접하지 못한

미안한 마음에 괜스레 신경질이 났는지도 모른다.

비슷한 일로 다투는 일이 다른 곳에서도 있었다. 숙소의 잠자리도 마찬가지. 아버지가 좋은 자리를 쓰셔야 하는데, 조금이라도 손자의 컨디션이 나빠 보이면 불편한 자리를 감수하셨다. 한번은 더블침대 하나와 이층침대 하나가 있는 캐빈에서 지냈는데, 손자가 감기에 걸렸다고 더블침대를 양보하셨다.

'이러시는 아버지를 어떻게 해야 하나? 아버지가 더 좋

은 걸 누리셔야 하는데.'

생각은 그렇게 하면서도 은근슬쩍 애매한 상황들을 넘겨
버렸다. 아버지에게 짜증을 내면서도 막상 상황을 바꾸지는
못했다. 어떨 때는 나도 나의 것을 내어주고 있었다. 나도
모르게 아버지와 비슷한 행동을 하고 있었던 것이다. 아직
은 미성년자이기에 보호가 필요하다는 생각에서, 미숙한 모
습이 안쓰러워서 그랬던 걸까?

'내리사랑은 있어도 치사랑은 없다'는 속담이 있다. 부모
가 자식을 위하는 마음은 크지만, 자식이 부모를 위하기는
쉽지 않다고 한다. 동물 중에도 키위와 같이 번식과 번영을
위해 온갖 희생을 감수하는 녀석들이 많다. 어쩌면 내리사
랑은 후손을 위한 마음일지도 모른다. 세대 유지 혹은 종족
유지 본능 같은.

남에게 자신의 시간과 노력을 바칠 뿐만 아니라
사랑하는 대상을 위해 자기 몸을 희생하고 생명을
바칠 때, 우리는 그것을 사랑이라 말하며
그런 사랑 속에서 사랑의 보답으로 행복을 얻는다.
< 인생에 대하여 > 톨스토이

뉴질랜드를 여행하며 신기했던 것이 있다. 아들 녀석이 훌쩍 커서 14세인데도 어디를 가나 어린이 대접을 받았다. 중학생 정도면 당연히 어른 요금을 내리라 생각했는데, 공공요금, 투어 비용, 관광지 입장료 등 거의 모든 곳에서 어린이 요금을 받았다.

우대해 주는 나이 기준과 우대율은 조금씩 달랐지만 대체로 많은 혜택이 있었다. 비록 아들 녀석이 어린이 취급을 받았다고 기분 나빠 하기도 했지만, 나로서는 정말 반가운 일이었다. (나중에 들은 얘기지만, 뉴질랜드에서는 15세 아이까지 교육비와 의료비가 무상이라고 했다.)

더군다나 가는 곳마다 가족 친화적이고 아이를 환영하는 분위기였다. 나 혼자 여행을 하면 이런 대접을 못 받을 터인데, 아이 덕분에 덩달아 대우를 받는 느낌마저 들었다. 이런 느낌은 예전에 다른 선진국을 여행할 때에도 경험할 수 있었다.

호주, 미국, 캐나다 등을 여행할 때 애용했던 키즈 메뉴가 기억이 난다. 많은 음식점에서 별도의 키즈 메뉴를 볼 수 있었는데, 양과 질이 뛰어난 음식을 아주 저렴하게 판매했다. 그리고 뉴질랜드를 포함해 이들 국가의 숙소 정책도 마음에 들었다. 아이가 한두 명 더 있다고 해서 추가 요금을 받는 경우는 드물었고, 어린이 동반 가족이 머무르기에 편한 숙소들이 많았다.

반면 우리나라는 어떠한가? 일상에서의 요금 혜택? 어린이 기준도 까다롭고 어린이 요금이 오히려 더 비싼 경우도 있다. 음식점과 카페? 어린이의 출입을 금지하는 노키즈존(No Kids Zone)이 늘어나고 있다. 여행지 숙소? 아이가 함께 지낼 만한 숙소는 드물고, 어린이 동반 시 성인 요금으로 추가 비용을 내야 한다.

어린이가 있는 가족을 민폐 손님으로 취급하는 경우도 많다. 소수의 몰상식한 행동으로 전체가 매도 당하는 현실. 더군다나 아이의 문제라기보다는 몰지각한 부모의 문제로 봐야 하는데. 사실 어디에서든 나이와 상관없이 타인에게 피해를 주는 사람들이 있고, 오히려 아이보다 어른인 경우가 많다. 굳이 어린이를 사전에 차별해야만 하나? 어린이를 타깃으로 삼는 것을 과연 바른 시민의식이라 할 수 있는가?

저출산 문제가 심각하지만, 어린이가 대접받지 못하는 우리나라. 어린이가 귀한 나라인데, 어찌 된 일인지 어린이에게 모질기만 하다. 경제적 수준은 높아졌지만 아직은 여유와 배려가 부족한 사회. 사회적인 의식 개선이 필요하지 않을까?

어디를 가나 어린이를 대우해 주고, 좀 더 참고 기다려주며, 기쁘게 받아들일 수 있는 환경이 되었으면. 아이들을 우리 사회의 중요한 일원으로 생각하고 더 이상 혐오의 대상으로 보질 않기를. 아이 키우기 좋은 환경, 아이 키우기 좋은 나라를 기대해 본다. 사회로부터 따뜻한 사랑을 받고 자란 아이가 훌륭한 어른으로 성장할 것이다.

뉴질랜드 계란 사태

"한 번에 계란을 많이 삶아 두면
간식으로 먹기도 좋지 않나?" 아들이 음식 준비하느라
힘들어 보였는지 아버지는 식사 때마다 간단히 계란이나
먹자고 하셨다. 그 사실을 나도 알지만
도저히 계란을 구할 수가 없었다.

장거리 장기 여행을 할 때엔 먹는 문제가 항상 고민이다. 특히 외국을 여행할 때면 음식이 입에 잘 맞지 않는 경우도 있고, 매끼 사 먹으면 비용도 만만치 않다. 그래서 가급적 외식을 최소한으로 하고 음식을 직접 만들어 먹으려 한다. 조리 시설이 없어 그마저도 쉽지 않을 때에는 간단히 해결할 수 있는 방법을 찾는다.

그렇게 찾은 방법 중 하나는 빵, 과일, 방울토마토, 계란

등 간편식을 이용하는 것이다. 그냥 바로 먹기에도 편하고 음식을 준비해 갖고 다니기에도 좋다. 여행 중의 배고픔을 채워 주고 가격까지 우리나라에 비해 싼 편이라, 과연 여행자의 소울 푸드(Soul Food)라 할 만하다. 물가가 비싸기로 유명한 런던, 파리 등에서도 이런 음식들은 우리나라 보다 저렴했다.

물가가 꽤나 비싼 뉴질랜드를 여행하면서도 빵, 과일, 방울토마토를 많이 먹었다. 그런데 어찌 된 영문인지 계란은 싸게 사 먹기는커녕 볼 수조차 없었다. 계란 구경이 이렇게 힘들 줄이야. 이상하게도 대형 마트에는 계란 코너가 잘 보이지도 않았고, 있다 하더라도 텅텅 비어 있기가 대부분. 가끔 보이는 계란은 1인당 조금씩 한정으로 판매하고 있었다. 그마저도 결코 저렴하지가 않았다. 우리나라 가격의 2배에 달했다.

뉴질랜드는 낙농업이 발달한 국가이니 당연히 계란도 싸게 실컷 먹을 수 있을 것만 같았는데. 비싸기도 하고, 더 나아가 구할 수도 없다니. 왜 이런 일이 일어났을까? 도저히 이해가 되지 않았다.

그 이유를 알게 되기까지는 꽤 오랜 시간이 걸렸다. 뒤늦게 신문 기사를 보고서야 알았다. 닭장에 가두어 두고 대량 생산 하는 방식이 법적으로 금지되어 이런 사태가 벌어지게 되었다는 얘기. 동물복지 차원에서 Cage Free 법이 시행되었고, 이로 인해 계란의 공급이 일시적으로 감소한 것이다. 거기에다 코로나를 거치며 병아리와 곡물 사료의 가격이 많이 올랐고, 농장 운영 비용도 크게 상승해 많은 농장이 문을 닫았다고 했다.

운전을 하다 보면 가끔 길가에 Cage Free라는 알림판이 있는 농장들이 보이는데, 처음에는 Free라는 단어만 보고 '계란을 공짜로 주나 보다'라고 바보 같은 생각을 한 적도 있다. 공짜는커녕 이렇게 귀한 것인지도 모르고.

여행이 끝날 무렵, 하루는 우연찮게 농장 숙소에서 머무른 적이 있었다. 그 숙소에서 가장 기억에 남는 것은 객실 냉장고에 있던 무료로 제공하는 계란 6개. 그렇게 감사할 수가 없었다. 한동안 계란을 먹지 못했던 우리에게 하늘이 내린 선물과도 같았다.

그러고 보니 계란을 마음껏 먹을 수 있는 것도 행복해할 일이다.

나는 자연인이다

북섬 로토루아(Rotorua) 주변에는 꽤나 유명한 온천이 많다. 아들 녀석은 어디서 들었는지 이곳으로 향할 때 '뜨끈한 온천에서 수영 한번 하고 싶다'고 했다. 아버지도 옆에서 무심한 척 거들며 사뭇 기대하는 눈치였다. 그래서 어느 온천을 가볼지 찾아보던 중, 흥미로운 곳을 발견하게 되었다.

가끔 해외에 나가면 관광객이 아닌 현지인처럼 행동하고 싶은 때가 있다. 잠시라도 다른 인생을 사는 기분을 느끼고 싶어서일까? 왠지 관광지 위주로 가면 소중한 무언가를 놓칠 것만 같은 생각. 여기서도 그랬다. 관광객이 주로 찾는 편리하고 깔끔한 온천이 아니라 현지인들이 가는 숨겨진 자연온천을 찾아가고 싶었다.

케로신 크릭(Kerosene Creek)은 잘 알려지지 않은 온천이다. 인터넷을 검색하면 전 세계 구석구석 정보가 나오는데, 이곳은 거의 나오지 않았다. 하긴 나 같은 외국인이 찾아냈다면 딱히 현지인들만 아는 곳이라 우길 수만은 없지만.

숨어있는 외딴곳으로 찾아가는 길. 웬만하면 도로포장이 되어 있는데, 이곳으로 가는 길은 비포장 길을 달려야 했다. 샛길로 빠져 곳곳이 움푹 팬 흙길 위로 덜컹거리며 차를 몰아간다. 크고 작은 돌덩이들이 꽤나 운전에 거슬린다. '이러다 타이어가 망가져 오도 가도 못하면 어쩌지?' 쓸데없는 걱정을 해가며 그렇게 10분 이상을 갔을까? 드디어 비밀의 장소로 들어가는 입구에 도착했다. 차를 주차하고 나서도 숲속으로 난 진흙 길을 좀 더 걸어야 했다.

힘들게 목적지에 도착했다. 그런데 막상 그곳에 도착하자 아들 녀석은 완전히 실망한 표정이다. 깊은 산 속 계곡물과 같이 맑고 깨끗할 줄 알았는데, 녹이 슨 듯한 구릿빛 흙탕물과 나뭇잎인지 곤충인지 알 수 없는 부유물이 눈에 들어왔다. 게다가 특유의 유황 냄새가 그리 반갑지 않았다. 아들은 아무래도 시설이 잘 갖추어진 깔끔한 곳을 생각했을 것이다. 하지만 이곳은 화장실, 샤워실과 같은 편의시설은 커녕, 옷을 갈아입을 만한 장소도 없었다. 나무 뒤에서 대충 갈아입어야 할 것 같았다.

"아빠, 여기 싫어. 그냥 돌아가자!"

처음에는 이 녀석이 물에 들어가기 싫다고 했다.

'아, 어렵게 찾아왔는데, 그냥 돌아가야 하나?'

나 역시 꺼림직한 마음에 고민과 갈등으로 머릿속이 혼란스러웠다. 망설이던 그 순간, 우리를 향해 온천에 몸을 담그고 있던 사람들이 소리쳤다.

"어서 들어와요. 들어오면 생각이 달라져요!"

희망의 메시지가 들려왔다. 그 소리를 듣고 아버지가 선뜻 나서신다.

"이 정도면 그럭저럭 훌륭하구나. 일단 한번 들어가 보자."

싫은 내색 않으시고 행동으로 옮기신다. 아들의 결정을

항상 긍정적으로 받아 주시는 아버지께 고마웠다. 돈을 조금만 써도 멀쩡한 좋은 온천이 많은데 이런 곳에 모셔서 미안하기도 했다.

좋든 싫든 한번 몸을 담가 보았다. 막상 물 안에 들어가니 적당히 따뜻한 온도에 피부가 매끈매끈해져 건강해지는 느낌이다. 유황 냄새도 그런대로 참을 만했다. 아들 녀석도 처음에는 투덜대다가 따뜻한 물 속에 몸을 담그니 기분이 좋은가 보다. 어느새 수영을 즐기고 있는 모습을 보니 완전히 자연온천에 적응한 것 같았다. 아버지도 나도, 모두가 자연인이 된 것 마냥 온천에서 시간 가는 줄을 몰랐다.

온천에는 마오리족으로 보이는 사람들도 있었다. 커다란 덩치, 눈을 치켜뜬 험악한 얼굴, 특유의 문신, 무뚝뚝한 표정에 경계감이 들기도 했지만 곧 그러한 생각은 사라졌다. 웃음을 띠며 온천을 즐기는 모습이 마치 놀러 온 어린아이 같았다. 현지 토착민인 마오리족까지 찾는 곳이라면 분명 좋은 곳임이 틀림없다는 확신까지 생겼다. 자연온천의 첫인상이 나쁘다고 그냥 돌아갔더라면 후회할 뻔했다.

케로신 크릭. 한 번쯤 자연인이 되고 싶은 사람이라면 꼭 경험해 보길 권한다. 하지만 깔끔을 떠는 사람이라면 잠시 고민하고 판단하시길. 고약한 유황 냄새가 몸에 밸 수도 있으니.

최근 유명 유튜버가 방문한 후, 우리나라 사람들의
관심을 받기 시작했다. 이렇게 되면 어느 날
이곳을 찾았을 때 한국인들로 가득할지도 모르겠다.
더 이상 비밀의 장소가 아닐지도.

비바람이 치던 바다

'비바람이 치던 바다, 잔잔해져 오면, 오늘 그대 오시려
나, 저 바다 건너서'

뉴질랜드 전통 민요인 '연가(戀歌)'가 탄생한 로토루아
호수. 마오리족의 전설에서 유래한 사랑 노래의 배경이 되
는 곳이다. 비록 우리 노랫말에는 바다로 나오지만, 실제로
는 바다가 아니라 거대한 호수이다. 어찌 보면 파도가 철썩
이는 모습에 꼭 바다 같다는 착각이 들 만도 한다.

뉴질랜드에는 거대한 호수들이 많다. 오죽하면 로토루아
호수가 고작 10번째 정도. 이런 호수들은 반대편 마을로 가
기 위해 운전하다 보면 바다를 보는 듯한 기분이 든다. 호숫
가를 돌고 돌아 아무리 가도 계속 호수가 보인다. 1시간가
량 운전은 보통이다.

하나의 거대 호수를 실컷 볼 일도 많지만, 다양한 호수를

만날 일도 많다. 3,822개나 되는 크고 작은 호수들. 뉴질랜드를 일주하다 보면 끊임없이 보게 되는 대자연의 선물들. 호수를 계속해서 보면 질릴 법도 한데 이상하게도 그러지 않았다. 에메랄드빛, 청록빛, 옥빛, 우윳빛… 호수의 빛깔과 모양이 제각각이기에 서로 다른 매력이 있다고 할까?

아름다운 호수 풍경에 취해 도중에 쉬어 갈 일이 많았다. 호수를 볼 때면 기분이 좋았다. 바다처럼 드넓은 호수를 바라다보며 고요하고 평화로운 풍경에 저절로 사색에 잠기곤 했다. 눈을 살짝 감으면 철썩철썩 파도치는 소리가 참으로 듣기 좋다. 인공의 소리는 생각을 방해하는데 자연의 소리는 생각을 하게 한다. 연가 노래를 흥얼거리며 옛 추억도 떠올려 보고, '왜 바다로 알려지게 되었을까?' 쓸데없이 유추도 해본다.

'어떤 이의 눈에는 호수도 바다로 생각되겠지? 우물 안의 개구리는 우물 속 세상이 전부이듯.'

우리는 얼마나 넓은 세상에서 존재하는지 깨닫지 못하고 살아간다. 실체가 있는 물리적인 공간도 이렇게 넓은데 정신세계는 또 얼마나 넓을까? 우리는 얼마나 잘못 이해하고 있는 것이 많을까? 착각 속에서 살아가고 있는 경우가 허다할지도.

우물 안 개구리가 되고 싶진 않다. 그래서 어제도, 오늘도 내일도 새로운 무언가를 알아가기 위해 발버둥 친다. 더 넓은 세상을 보기 위해 공부를 하듯 여행을 한다. 시야도, 사고도, 넓고 깊고 풍부해지도록. 저 바다, 아니 호수와 같이.

4부

어려움을
이기는 힘

뉴질랜드에서의 운전은 항상 즐거웠다. 하늘과 구름이 멋진 날은 더욱 그랬다. 시원시원하게 펼쳐진 풍경들을 보는 것만으로도 행복했다. '숨겨진 보물'이라는 블루 스프링스(Blue Springs)로 가는 그날에도 모든 것이 완벽할 것 같았다. 환상적인 날씨에 아름답기로 유명한 곳을 보러 가는 날이었기에.

사람들이 없는 조용한 풍경을 즐기고 싶어 오전 일찍 블루 스프링스 입구에 도착했다. 주차장에 있는 안내 팻말이 눈에 확 들어온다. '차량 물건 도난 주의!' 괜히 처음부터 불쾌한 기분이다. 한 사람이 남아 차를 지킬 수도 없는 노릇. 걱정을 한 아름 안고 산책을 시작했다. 10여 분을 걸어가니 맑은 물이 흐르는 개천이 나왔다. 푸른빛을 띠는 물이 너무 투명해 수초를 비롯해 바닥까지 보인다. 아름답다는 생각이 들면서도 무언가 아쉬움이 남는다.

'이게 다야? 뭐가 이리 시시해. 새로운 것이 더 있겠지?'

하이라이트를 기대하며 좀 더 걸어 들어갔다. 그런데 산책로가 중간에 막혀 있어 더 이상 진입할 수가 없다. 아마도 며칠 전 다녀간 태풍 탓인 듯한데 아무 안내가 없다. 너무 기대를 했던 탓일까? 힘들게 찾아왔는데 실망감이 밀려왔다. 아기자기하게 예쁜 곳임에는 분명하지만 내 눈으로 확인한 것은 그냥 맑은 물이 흐르는 작은 개천뿐이었다.

모두가 극찬했던 숨겨진 보물이라는 생각은 들지 않았다. 왜 그랬을까? 어쩌면 '도난 주의' 팻말이 신경이 쓰였거나, 산책로가 막혀 있어 기분이 나빴기 때문일 수도 있다. 여행의 느낌은 그날의 사건이나 컨디션, 기분 등에 좌우될 수도 있기에. 하지만 분명 다른 이유가 있었다.

아무리 신비한 모습도 자주 보면 아무렇지 않게 보이듯 온라인에서 익숙해져 비밀스러움이 사라져 버린 것은 아닐까? 이미 와본 곳 같은 느낌마저 들었으니. 요즘은 여행 정보가 넘쳐나 미리 알고 가는 경우가 많다. 그러다 보면 더 이상 나만의 무언가가 되기 어렵다.

정보가 없던 시절에는 '과연 어떤 곳일까?' 궁금해하며, 처음 보는 낯설고 신기한 풍경에 감탄했었다. 그런 면에서 온라인 정보들은 여행자에게 편리함을 가져왔지만 여행이

주는 낯선 행복감을 없앴다. 가끔 나는 구글 지도에도 나오지 않는 곳을 가보고 싶은 욕망을 느낀다.

어디든 적당히 정보를 알고 가자. 낯설음이 사라지지 않도록. 아는 것만큼 보이기도 하지만 아는 만큼 그 생각에 갇혀 제대로 볼 수 없으니. 무엇이든 너무 기대는 말자. 실망이 크지 않도록. 아무 기대 없이 찾아가 낯선 풍경을 맞이한 아버지와 아들 녀석은 숨겨진 보물을 찾았다. 그러면 됐다.

천혜의 자연환경을 보유한 뉴질랜드. 때 묻지 않은 대자연과 이를 즐길 방법들이 다양하다. 그들은 대자연과 액티비티를 연결하고, 대자연과 스토리를 연결해 각종 관광상품을 만들어 냈다. 이 중에서도 활성화에 성공한 대표적인 것이 영화 산업이다. 반지의 제왕, 호빗, 나니아 연대기, X맨과 같은 영화를 본 적이 있다면 한 번쯤은 작품 속 배경이 되었던 장소가 궁금했을 것이다. 영화의 팬이라면 당연히 뉴질랜드 여행이 한층 더 즐거울 수밖에.

북섬의 대표적인 관광지인 호빗 마을, 호비튼. 서둘러 예약을 하지 않으면 들어갈 수 없을 정도로 인기 있는 곳이지만 막상 가보면 돈이 아깝다고 할지도 모르겠다. 입장료가 무려 1인당 8만 원. 그에 비해 볼거리가 아주 많다고는 볼 수 없다. 그냥 경치 좋은 초원과 언덕에 아기자기한 영화 속 마을을 꾸며 놓았을 뿐이다. 하지만 어떤 이들에겐 돈이 전혀 아깝지 않을 정도로 만족스러운 곳이다. 왜 그럴까? 바로 꿈에 그리던 장소이기 때문이다. 반지의 제왕과 호빗 영화의 촬영지인 이곳은 스토리가 담긴 곳이다. 그래서 영화를 모른 채 방문한다면 별 볼 일 없는 장소이지만, 이야기를 알고 찾는다면 무척 의미 있는 장소로 재탄생한다.

영화의 열렬한 팬인 아들과 나도 꼭 가봐야 할 곳이었다. 그렇지만 아버지까지 모두가 방문하기에는 이래저래 망설여졌다. 영화에 대해 들어본 적도 없는 아버지가 가신다면 괜히 여름날 뙤약볕에 돈 들여가며 고생할 수도 있다는 생각이 들었다. 그렇다고 아버지를 두고 갈 수는 없는 노릇. 아버지께 양해를 구하고 함께 나섰다.

태양이 쨍쨍한 맑고 투명한 날, 설레는 마음을 안고 목적지로 향한다. 아들 녀석이 가장 기대했던 곳. 입장도 하지 않았는데 벌써 신이 났다. 아버지도 손자의 밝은 모습에 덩달아 기분이 좋으시다. 일찌감치 대기 장소에 도착해 1시간을 기다린 후, 투어가 시작되었다.

들어서자마자 깜찍한 집들로 오밀조밀한 마을이 한눈에 들어왔다. 동화 속, 아니 영화 속으로 들어온 느낌이다. 영화 속 장면들이 떠오르면서 잠시 환상의 세계에 빠져든다. 난쟁이처럼 작은 호빗족이 산다는 마을답게 모든 것들이 미니

미니 하다. 집, 테이블, 의자는 물론이고 낚시터와 빨래터까지 아담하다. 화창한 날씨와 탁 트인 시야에 하늘, 구름, 나무, 풀 등이 더욱 화려하고 강렬해 보인다. 그 대신 예상대로 한여름의 뙤약볕은 사정없이 내리쬐었다.

반짝이는 햇살이 고맙다가 싫어졌다. 눈이 부시기도 하고 살갗이 탈 것도 같았다. 처음에는 부지런히 사진을 찍어대다 나중에는 해를 피해 그늘로 옮겨 다니기 바빴다.

'이게 뭐 그리 대단하다고 이 고생을 하고 있지?'

그렇지만 그 와중에서도 아버지와 아들 녀석은 그 순간을 즐기기에 여념이 없다. 햇살이 마음에 드는지 마는지 개의치 않고 마음껏 행복해했다. 그에 반해 이것저것 따져가며 투어를 평가하는 나. 어쩌면 내가 문제가 있는지도 모르겠다. 갖은 이유와 핑계를 대가며 부정적인 생각을 떠올리고 있으니.

동심으로 돌아간 듯 기뻐하시는 아버지의 모습에 함께 가길 잘했다는 생각이 들었다. 괜히 고생할지도 모른다는 헛걱정을 했다. 아버지는 비록 반지의 제왕이나 호빗을 본 적이 없어 이곳의 스토리를 모르지만, 그래도 여기에서 손자, 아들과 함께한 아버지만의 새로운 스토리, 잊지 못할 추억을 얻어갔을 것이다.

뉴질랜드의 숙소는 가족 친화적이며 여행자 중심이다. 우리나라에서 흔한 연인들을 위한 숙소보다는 가족이 즐길 수 있는 숙소, 비즈니스맨을 위한 숙소보다는 순수 여행자가 갈만한 숙소가 많다. 대부분의 숙소에 집에서처럼 요리해 먹을 수 있는 주방이 갖추어져 있는 것을 보면 그들이 얼마나 가족과 여행에 진심인지 알 것 같다.

뉴질랜드 여행을 하며 3대, 세 남자가 함께 지낼 숙소를 구해야 했다. 우리나라에는 2인 기준 객실이 대부분이라 뉴질랜드도 그러면 어떡하나 했는데 걱정한 것과 달리 다양한 형태로 있었다. 베드가 3개 이상 갖춰진 원베드룸, 투베드룸 형태의 숙소와 여러 여행자가 함께 머물 수 있는 게스트하우스(유스호스텔)형 숙소들이 흔했다.

무엇보다도 뉴질랜드에는 홀리데이 파크(Holiday Park)

라는 독특한 숙소가 있었다. 캠핑카와 텐트 사이트, 모텔형,
캐빈형 등 모든 숙박 형태가 함께 있는 곳이라 할까? 이곳
에 머물면 다양한 사람들이 다양한 방식으로 지내는 모습을
볼 수가 있다.

그들의 문화를 경험하고 싶어 일부러 홀리데이 파크를
수차례 찾았다. 그것도 각각 다른 형태의 옵션으로. 욕실과
화장실을 공용으로 써야 하는 캐빈형에도 머무른 적이 있
었다. 물론 모르는 이와 공간을 함께 쓰면 불편함이 따른다.
다른 사람을 많이 의식하고 눈치를 보는 한국인에게는 어색
한 상황들이 발생하기 마련이다. 역시나 이런 상황에 단련
이 되지 않은 아버지는 꽤나 힘들어하셨다. 그래도 '불편한
안식' 또한 신선한 경험이었을 게다.

아버지가 좋아했던 숙소는 소, 양, 말 등 가축이 있는 숙
소였다. 이른바 농장형 숙소. 아무래도 농사 경험이 있으셔
서 그런지 내 집처럼 편했나 보다. 가축들도 구경할 수 있고
드넓게 펼쳐진 대지 위로 해가 뜨고 지는 모습도 볼 수 있었
다. 아들 녀석은 호텔형 숙소를 좋아했다. 젊은 친구들은 아
무래도 현대식의 깔끔한 숙소가 마음에 드는 모양이다.

이렇듯 뉴질랜드에는 각자의 입맛에 맞는 숙소들이 다
양하게 있어 좋았다. 불만을 군이 하나 꼽자면 서비스 직원
이 귀하다는 점. 해가 긴 여름날, 해 질 무렵에 체크인을 하

면 곤란한 경우가 생긴다. 해는 밤 9시가 다 되어서야 지는
데, 여기저기 돌아다니다 저녁 6시 이후에 도착하면 아무도
기다리지 않는다. 사람이 귀한 나라이니 사람의 수고를 요
구하는 서비스는 기대할 수 없다. 보고 싶은 것이 많아 늦어
질 수도 있는데 체크인 시간에 맞추거나 미리 조치를 취하
는 일은 정말 귀찮은 노릇이다.

　뉴질랜드를 여행하며 거의 모든 종류의 숙소를 이용했
다. 어쩌면 이렇게 다양한 숙소를 체험해 보는 것도 테마 여
행의 한 방식으로 고려해 볼 수 있지 않을까? 여행자는 여
행 시간의 3분의 1 이상을 숙소에서 쉬어야 하니 여행자의
안식처라 할 수 있는 숙소 여행도 충분히 의미 있고 즐겨볼
가치가 있을 것이다.

　가족과 여행에 진심인 뉴질랜드 숙소. 그중에서도 홀리
데이 파크는 가장 뉴질랜드다운 숙소이므로 뉴질랜드를 찾
게 된다면 꼭 한 번쯤은 경험해 보시길.

전혀 바빠 보이지 않는 성수기

우리가 뉴질랜드를 여행한 시기는 2월. 그런데 2월은 남반구에서는 여름이라 뉴질랜드는 한창 성수기이다. 우리나라의 8월 휴가철과 같다고 보면 될까? 혹시나 숙소를 못 구하는 불상사가 생기지 않게 미리 2개월 전에 예약을 끝냈다. 심지어 렌터카는 더 일찍 예약했다. 성수기에는 렌트 비용이 천정부지로 오른다는 얘기를 들었기 때문이다.

그런데 막상 뉴질랜드를 여행하는 동안에는 성수기가 맞나 싶을 정도로 여행지마다 사람이 그리 많지 않았다. 꽤나 복잡할 줄 알았는데. '어떻게 이리 사람이 없을 수가 있지?'라는 생각이 수시로 들었다. 뉴질랜드가 우리나라에 비해 인구밀도가 30분의 1 수준이니 그럴 만도 하다.

'괜히 일찍부터 숙소 예약을 하느라 유난을 떨었나?'

아니다. 서둘러 예약하는 것이 맞았다. 뉴질랜드는 그렇게 붐비지 않아도 가는 곳마다 빈 숙소가 없었다. 거기에는 나름의 이유가 있다. 이 나라는 숙소 자체가 넉넉하지 않아 여행객을 수용할 수 있는 역량이 한정적이다. 수요가 많다고 해서 그에 맞춰 공급을 늘릴 수 없는 구조라 할까? 아마 일찍 예약하지 않았다면 이해 못 할 '빈방 없음(No Vacancy)'으로 당황했을지도 모른다.

성수기에는 렌터카도 구하지 못한다. 사실 구할 수 없다는 말은 좀 과장이고 비싼 값을 치러야 한다는 얘기가 맞겠다. 그럼에도 운전을 하면서 이상한 상황을 목격했다. 사람들이 여기저기 휴가를 가느라 도로가 꽉 막힐 것 같지만 전혀 그렇지 않았다. 도로에는 차가 별로 없다. 그저 없는 정도가 아니라 가끔은 지나치는 차량이 반가울 정도이다. 가뜩이나 좁은 도로에 차선이 하나밖에 없는 남섬에서도 마찬가지. 차가 많으면 차량정체로 고생할 줄 알았는데 그런 일은 전혀 없었다.

남섬과 북섬을 오가는 페리 서비스도 이해되지 않는 부분이 있었다. 성수기에는 표를 구하기도 힘들고, 구했다 하더라도 혹여 결항이 되면 대체 편은 기대할 수 없다. 운이 나빠 배를 못 타게 되면 여행 일정에 막대한 차질이 생긴다. 우리나라 같으면 성수기에 한몫 챙길 수 있는 기회이니 수요에 맞춰 선박과 선원을 추가 투입할 텐데 그러지 않는다.

결항이 발생할 경우에도 추가 페리는 없다. 아무래도 일할 사람이 적고 배도 부족해서인지 상황에 맞게 탄력적으로 반응하지 못한다.

성수기이지만 성수기 같지 않은 뉴질랜드. 그래도 참 다행이다. 여행지마다 사람들로 미어터지면 대자연을 제대로 감상할 수 없으니. 그러고 보면 일부러 인프라를 그렇게 많이 늘이지 않는 것 같기도 하다. 딱 적당히 유지하려는 그들의 지혜가 배울 만하다. 물론 그들이 그것까지 감안하고 그랬는지는 모르지만.

이러한 현상들이 혹시 코로나 사태의 영향 때문인지도 모른다. 코로나 시기를 거치며 숙소, 렌터카 회사, 식당 등 서비스 업종들이 많이 폐업했다고 하니 아직 코로나 이전으로 완전히 회복하지 못해 여행 인프라가 부족한 상태일지도.

바쁜 시기(Busy Season)이지만 전혀 바쁘지 않은 성수기. 그래도 예약은 미리부터 하시길.

외국인에게 바가지를 씌우는 관광지가 뉴질랜드에도 있을까? 글쎄, 전혀 예상을 못 했는데 의외의 장소에서 발견했다.

오클랜드 동물원. 이곳에 입장하려면 자국민은 성인 24불, 어린이 13불을 내는 반면, 외국인은 성인 35불, 어린이 20불을 부담해야 한다. 그렇다고 특별히 외국인을 위해 동물원 약도와 같은 안내장이나 기념품을 주는 것도 아니다. 아이들이 많이 찾는 동물원에서, 더더군다나 가족 단위의 방문객이 많은 곳에서 버젓이 이런 일이 벌어지고 있다는 사실에 기분이 썩 좋지 않았다. 미리 알았더라면 가지 않았을지도.

사실 다른 국가들 중에도 외국인 입장료를 비싸게 받는 곳들이 있다. 유명한 관광지인 인도의 타지마할은 내국인과

외국인의 입장료 차이가 20배에 달한다. 태국에서도 많은 관광지에서 내국인의 2배에서 10배에 달하는 비용을 외국인에게 부담시킨다. 한국인이 많이 찾는 베트남, 인도네시아 등 다른 동남아 국가에서도 외국인에게는 2배 정도 비싸게 받는 곳들이 많다. 아시아 지역을 떠나 남미 국가나 아프리카 국가 등지에서도 이런 불쾌한 일을 심심치 않게 겪게 된다.

주목할 점은 주로 국민소득이 낮은 국가에서 외국인 차별이 빈번하다는 사실. 그렇다면 왜 이런 일이 발생할까? 이유는 간단하다. 관광지를 유지하는 데 드는 비용을 충당하기 위해서이다. 관리를 위해 필요한 비용을 좀 더 넉넉한(?) 외국인들로부터 더 받겠다는 얘기다. 어쨌든 터무니없는 정도만 아니라면, 조금 더 지불할 용의는 있다. 그렇다면 국민소득이 높은 나라에서 자국민을 우대해 주는 것은 어떤가? 굳이 외국인의 반감을 사가며 그럴 필요가 있을까?

외국인에게 오히려 혜택을 주는 곳도 있다. 싱가포르의 마리나베이 샌즈 카지노와 같은 경우 내국인이 더 비싼 입장료를 지불해야 한다. 이유가 무얼까? 관광객을 조금이라도 더 유치하고 자국민들은 도박에 빠지지 않도록 보호하기 위해서일 것이다. 사정이 어찌 되었든 충분히 이해는 된다.

다시 뉴질랜드의 상황으로 돌아가 오클랜드 동물원이 이

런 정책을 시행하는 것이 납득이 되는가? 물론 그렇게 해도 수요가 있으니 더 많은 이익을 위해서 그럴 수는 있겠다. 하지만 언젠가는 역효과로 돌아올지도 모른다. 어느 외국인이든 이런 상황을 맞이하면 금액의 많고 적음을 떠나 기분이 상할 것이다. 누구는 더 저렴하게 입장하는데 왜 나는 비싸게 지불해야 하나? 페널티를 받는 느낌이다.

뉴질랜드에 이런 어이없는 곳이 있을 줄이야. 맑고 깨끗한 대자연을 가진 뉴질랜드의 이미지가 퇴색되는 느낌이다. 누군가는 이렇게 얘기할지도 모르겠다.

"뭘 그 정도 갖고 그래요. 그냥 관광세 냈다고 생각하세요!"

참고로 뉴질랜드에 입국하려면 외국인은 '환경보호 및 관광 세금(IVL*)'을 별도로 내야 한다.

---

* IVL (International Visitor Conservation and Tourism Levy): 일종의 관광세로 뉴질랜드 입국을 위해 NZeTA를 받을 때, NZD 35불(약 3만 원)을 함께 지불해야 한다.

여행의 시작도 힘들었지만 끝도 깔끔하지 않았다. 여행의 막바지에 이르면 긴장이 풀리게 마련. 너무 순탄하게 끝나면 여행의 기억이 빨리 잊힐까 봐 이벤트를 마련해 준 것일까?

귀국 비행기 시간에 늦지 않도록 공항 근처로 마지막 날 숙소를 잡았다. 예전에 파리에서 공항 가는 길이 막혀 비행기를 놓칠 뻔한 트라우마가 있다. 그런 일을 미연에 방지하고자 아예 이동 거리를 최소화했다. 거기에다 탑승 시간에 여유 있게 렌터카 반납 스케줄을 잡았다. 철저히 준비했기에 아무 문제 없을 것이라 확신했다.

귀국 날 아침. 공항 렌터카 지점으로 차를 반납하러 일찌감치 출발한다. 반납 시간은 오전 9시. 거리는 숙소에서 10분도 걸리지 않는다. 8시 20분쯤 출발했으니 시간은 차고도

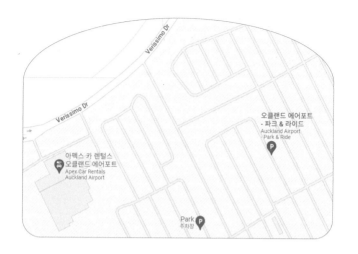

넘쳤다. 5분 정도를 운전해 갔을까? 바로 렌터카 회사 간판이 저 멀리 눈에 들어온다. 이제 저곳으로 그냥 가서 반납하면 끝이다.

방심했던 걸까? 치명적인 실수를 하고 말았다. 렌터카 회사로 들어가는 입구를 착각해 버렸다. 바로 옆에 있는 공항 주차장으로 진입해 버린 것이다. 다시 돌아 나가야 할 상황. 그런데 차를 돌려 출구로 가니 철문으로 굳게 닫혀 있고, 그 앞에는 차단기가 가로막고 있었다.

'10분밖에 지나지 않았으니 그냥 열리지 않을까? 아니면 주차비 좀 내지 뭐.'

그렇게 생각하고 차단기 쪽으로 향했다. 혹시나 했던 차단기는 열리지 않았고 주차비를 지불해야 열릴 것 같았다. 그런데 차단기 앞에 있는 정산 기계가 이상했다. 아무리 신용카드로 결제를 시도해도 되지가 않았다.

서비스 인력이 귀한 나라답게 주차장 출구 쪽에는 단 한 명의 직원도 보이지 않는다. 누군가에게 도움을 청하고 싶어도 사람이 없다. 사막 한 가운데에 완전히 고립된 느낌이다.

'이러다 정말 주차장에 갇혀 나가지도 못하고 비행기도 못 타는구나!'

어떻게든 방법을 모색해 본다. 다행히 출구 정산기에 관리자와 통화를 할 수 있는 장치가 있다. 이마저도 응답이 없으면 모든 게 끝이다. 한참의 신호음이 울리고 1분이 지나서야 관리자의 음성이 들린다.

"무슨 문제세요?"

중저음의 뉴질랜드 억양이 강한 아저씨의 목소리. 다짜고짜 질문부터 날리는 것으로 보아 귀찮아하는 느낌이다.

"지금 주차장에 잘못 들어와 나가지 못하는데 차단기 좀 열어 주세요. 들어온 지 10분 밖에 되지 않았어요."

"열어 줄 수 없습니다. 주차 요금을 내야 나갈 수 있습니다."

우리의 당황스러운 상황을 별로 이해하고 싶지 않은 듯

당연한 얘기만 한다.

"요금을 지불하려 해도 결제를 할 수가 없어요."

사정을 얘기하자 통화음이 잘 들리지도 않는데 웅얼대는 말투로 뭐라고 떠든다. 정확히 알아들을 수는 없지만 대략 요점을 알 것 같았다. 주차장 안에 있는 다른 정산기를 찾으라는 말이었다. 1분 1초가 급한데 출구 쪽 기계는 되지 않고 주차장 내부 어딘가에 있는 정산기를 찾아야 하는 상황. 허둥대며 10여 분의 시간을 정산기를 찾아 헤맸다. 겨우 정산기를 찾아 요금을 정산하고 지불한 티켓을 갖고 다시 출구로 향했다. 그런데 정산한 주차 티켓으로도 출구 차단기가 열리지 않는다.

어이가 없어 이제 어떡해야 할지 몰라 절망한다. 그 순간 아들 녀석이 제안했다.

"아빠, 여기 출구 말고, 옆에 있는 다른 출구로 가보자."

그러고 보니 그런 시도를 안 했다. 차단기가 고장 나 정산이 안 되었을 수도 있는데.

이제 아들의 의견대로 차를 다시 돌려 옆 출구로 향한다. 요금을 정산한 티켓을 넣으니 그때서야 반응한다. '띡'하고 마침내 차단기가 열렸다. 이리 간단한 것을. 어찌 보면 아무것도 아닌 일로 생고생을 했다. 아무 죄도 없는 우리는 30분 넘게 주차장에 갇혀 있었다. 결국 렌터카 반납 장소에는 약

속된 시간을 넘겨 도착했다. 다행히 늦게 반납했다고 추가 요금을 물진 않았다.

여행 마지막 날, 주차장에 갇혀 비행기를 못 탈 뻔한 상황이 생길 줄이야. 이렇게 엉뚱한 곳에서 위기가 찾아오다니. 여행을 하다 보면 참 별일이 다 있다. 하지만 그 별난 이벤트 덕에 오래 기억될 추억을 하나 더 간직한다.

어려움을 이기는 힘 (3대 여행의 어려움)

여행을 함께 하면 아무리 친한 친구 사이라도 다툼이 있다는데, 세대가 다른 세 남자가 함께 하는 여행이 원만할 리없다. 세대 차이를 어떻게 극복할 것인가? 선호하는 것도 다르고 생활 습관도 다른데, 어떻게 맞춰 가야 할까?

아들 녀석은 초등학교 때까지만 해도 미국, 캐나다, 호주의 대자연을 보고도 아무 감흥이 없었다. 이제는 어른 취향도 맞출 수 있는 청소년이 되었다. 그렇다고 해서 여전히 경치를 즐기지는 않는다. 아마 대자연을 보는 것이 핵심인 뉴질랜드 여행이 썩 마음에 들지 않았을지도 모른다. 다행히 '반지의 제왕'과 '호빗' 영화를 좋아해 몇 번이나 보고 왔기에, 촬영지를 둘러보며 경치를 보는 재미를 알아갔다.

아버지는 경치 감상과 트레킹을 좋아하시니 가는 곳마다만족하셨다. 그리고 나이가 들수록 아이의 취향이 생기는지

동식물을 보는 것도 즐기셨다. 나는 아버지와 아들이 좋다면 괜찮기도 했고, 새로운 곳이면 어디든 환영하는 편이니 상관없었다.

'어디로 다닐지'의 문제는 쉽게 해결되었지만 먹거리 문제는 결코 만만하지 않았다. 남자 셋이 다니며 하루 세 끼를 챙겨야 한다. 시간과 비용을 아끼기 위해서는 직접 해 먹어야 하는데, 이를 어쩌나? 아버지는 옛날 분이라 주방과는 거리가 멀었다. 요리도 못 하시고 설거지를 부탁하기에도 부담스러웠다. 어떻게든 도움을 주시고자 했지만 그것마저 편하지가 않았다.

초기에는 먹고 치우느라 몸도 힘들고 시간도 오래 걸려 여유 있는 여행을 할 수 없었다. 다행히 시간이 갈수록 요령이 생겨났다. 아버지는 식탁을 차리고 치우는 일부터 시작해 조금씩 도울 방법을 찾아내셨다. 철없이 반찬 투정을 하며 칭얼거리던 아들 녀석도 여행의 마무리 무렵에는 라면을 손수 끓여내는 수준으로 발전해 갔다.

먹는 문제와 더불어 자는 문제도 쉽지 않았다. 각자의 생활 습관이 다르니 억지로라도 맞춰야 했다. 아버지는 밤 10시면 주무시고 새벽 5시면 일어나신다. 나는 밤 11시쯤 잠을 청하고 아침 7시쯤 깨어난다. 아들 녀석은 밤 12시가 넘어서야 자고 아침에도 8시가 넘어서야 일어난다.

아버지는 매일같이 일찍 일어나셨다. 아침 산책을 즐기거나, 여행 짐을 정리하거나, 렌터카의 유리를 닦거나, 무언가 그냥 잠만 자기에는 시간이 아까우신 듯했다. 하지만 아들 녀석은 일찍 일어나지 못한다. 밤늦게까지 빈둥거리며 시간을 보내고, 아침에는 늦잠을 자고 싶어 했다.

처음에는 모두가 잠이 불편해 고생했지만 의외로 쉽게 해결책을 찾았다. 서로 타협해 밤 11시쯤 불을 끄고 기상은 차례차례. 아버지가 가장 먼저 일어나시고, 그다음이 나, 마지막이 아들 녀석. 이 방법은 나름 괜찮았다. 욕실을 이용하는 데 있어 순서대로 하다 보니 겹치지가 않아 불편함을 덜수 있었다.

여행 초기 서로가 너무 달라 복잡했던 문제들. 여행을 해나가며 신기하게도 차츰차츰 해결되어 갔다. 시간이 갈수록 서로를 이해하고 배려하게 되었다. 함께하는 시간이 많아질수록 그런 기회들이 저절로 생겨났다. 어쩌면 여행은 행복한 추억 쌓기에 그치지 않고 서로의 관계 회복에 탁월한 묘약일지도 모른다.

뉴질랜드를 다녀온 지 두 달이 지나서도 여전히 마무리되지 않은 것이 있었다. 어디에서인지 정확히 알 수는 없지만 벌레에 왕창 물렸고, 물린 자리가 계속 가려웠다. 양다리에 열 군데 정도 물린 곳이 훈장처럼 남았고, 심지어 손등에도 그 자국이 발갛고 통통하게 자리 잡았다. 아마도 웨스트 코스트(West Coast) 지역에서 물린 샌드 플라이의 공격이 주원인인 듯하고, 농장 숙소에서 물린 모기 때문일 수도 있다.

뉴질랜드 남섬의 웨스트코스트 지역은 거친 오지로 황량한 느낌마저 들지만 그만큼 사람의 손을 덜 타 자연이 매력적인 곳이다. 밀포드 사운드(Milford Sound) 아니면 몬로비치(Monro Beach)였을 것이다. 명확히 기억나진 않지만 숲과 해변에서 여러 번 공격을 당했던 것 같다. 샌드 플라이는 사람을 무서워하지 않았다. 죽기 살기로 달려드는 배고픈 녀석들은 아무리 팔을 휘저어도 따라왔고, 오죽했으면 겁도 없이 손등에 바로 앉아 물어 대기도 했다.

한번은 북섬의 해밀턴(Hamilton) 외곽에 있는 농장 숙소에서 모기떼를 만난 적도 있었다. 마음에 쏙 들 정도로 풍경이 멋지고 깔끔하게 잘 관리된 곳이었지만, 농장이라 모기는 어쩔 수 없나 보다. 자기 전에 무려 1시간 동안 모기 13마리를 퇴치하고서야 겨우 잠을 청했다.

뉴질랜드는 대자연의 나라이다. 그 얘기는 곧 벌레들의 공격도 많은 곳이다. 한국에서 벌레 기피제를 준비해 가도 이 나라의 벌레들에게는 당해낼 수 없다는 얘기를 듣고, 현지에서 기피제를 아주 큰 용량으로 구매했건만. 뉴질랜드 벌레들은 대자연에서 건강하게 잘 자라서였을까? 이 정도로 그들의 공격을 막을 수는 없었다. 아주 센 녀석들이라 아무 소용이 없었다. (그냥 한국으로 가져와 쓰기로 했다. 한국의 벌레들에겐 효과가 있을지도.)

나는 벌레를 싫어한다. 특히 꿈틀거리는 녀석들과 사람을 공격하는 녀석들이 유난히 싫다. 시골에서 태어났고 어린 시절을 그곳에서 보냈건만, 어느덧 도시 생활을 하고 도시에 익숙해져 버렸는지 벌레를 보면 두렵기까지 하다. 그럼에도 자연을 좋아하다 보니 항상 도시의 번잡함을 피해

자연으로 들어가길 갈구한다. 자연을 원한다면 어쩔 수 없이 마주하게 되는 벌레. 어찌 보면 벌레도 자연의 일원일 텐데, 자연을 사랑한다고 말하는 나 자신이 모순인 걸까?

뉴질랜드를 여행하며 놀랐던 사실이 있다. 상식적으로는 도저히 이해가 가지 않는 현지인들의 강한 모습. 이를테면, 그들은 발을 담그기도 부담될 정도로 차가운 빙하수에서 수영을 즐겼다. 더욱 대단한 것은 그 무시무시한 샌드 플라이를 전혀 두려워하지 않았다. 그랬다. 그들은 샌드 플라이가 많이 출몰하는 지역에서도 보란 듯이 반팔에 반바지로 다녔다. 마치 자연을 사랑하는 사람이라면 이 정도는 감수해야 한다는 것을 보여주듯. 나는 긴 팔, 긴 바지에 목을 가리고 모자까지 뒤집어썼건만.

'나 같은 사람은 언제 그 경지에 이를 수 있을까? 자연을 좋아한다고는 하지만 사랑할 정도에 이르지는 못했나 보다.'

대자연의 아름다움을 느끼는데 걸리적거리는 녀석들. 자연은 좋지만 벌레는 여전히 싫다. 그런데 이 벌레 녀석들도 자연의 구성원. 언젠가 그런 불편한 것들도 아무렇지 않게 받아들이는 그 경지에 이르러야 비로소 자연과 하나 되었다고 말할 수 있겠지. 해충은 어쩔 수 없더라도 익충부터 좋아하는 연습을 해야 할지도.

지금도 몸은 가렵고, 모기인지, 샌드 플라이인지, 베드 버그인지, 생각하면 할수록 나를 문 나쁜 녀석들이 밉고도 밉다. 그래도 물린 자리를 긁을 때면 그때가 떠오르고, 그립고 그립다.

함께여서 행복했던 여행 (할아버지 후기)

12월 어느 늦은 밤, 큰아들이 '2월에 뉴질랜드로 여행을 가자'고 제안해 왔다. 남자 셋이 한 달 가까이 여행을 한다고? 사랑하는 아들과 손자와의 여행. 내 생에 있어 마지막이 될지도 모를 행복한 순간들이 기대되기도 했지만, 작은아들 집에서 손주를 보느라 함께 갈 수 없는 아내가 마음에 걸렸다. 아내는 어차피 본인은 체력적으로 함께 하기 힘든 여행이라며 걱정 말고 다녀오라고 했다.

아들도 속 깊은 생각으로 제안했을 것이다. 그렇게 이해를 했고 함께 하는 것이 맞을 것 같았다. 여행을 앞두고 나름의 준비를 해야 했다. 나이가 있어 분명 체력의 한계를 느낄 것이다. 그래서 할 수 있는 한 여행에 지장이 없도록 등산과 걷기를 반복하며 체력 단련을 했다.

뉴질랜드에 도착하자마자 손자 녀석이 내 손을 꼭 잡았다. 할아버지가 혼자 떨어져 국제미아가 될까 봐 걱정스러운가 보다. 든든한 손자까지 내 곁에 있으니 안심이었다.

'그래, 이제 다 컸구나. 할아버지까지 챙기다니.'

눈부시게 아름다운 경치가 눈길을 사로잡았다. 천혜의 땅 뉴질랜드! 절경을 볼 때마다 창조주의 위대함에 감탄할 수밖에 없었다. 파란 물감을 쏟아부은 바다와 같던 푸카키 호수 앞에서 풍경을 보며 연어회를 즐겼던 그 순간을 잊을 수 없다. 눈 덮인 장엄한 산과 독특한 호수에 탄복했던 후커 밸리는 보고 또 보아도 절대 질리지 않을 풍경이었다. 바다에 떠 있는 화려한 궁궐 같았던 팬케이크 바위는 그야말로 동화에나 나올 법한 요지경과 같은 곳이었다.

영원히 기억될 추억과 사건들도 많았다. 쌀쌀한 밤에 야생 펭귄을 보러 갔던 추억. 손자와 함께 숨죽여가며 기다린 끝에 고대하던 펭귄을 보고야 말았다. 거대한 배를 타고 바다 한가운데에서 거센 풍랑을 만나 공포에 떨었던 기억. 긴장과 두려움 속에서 간절히 기도하는 수밖에 없었다. 손자 녀석이 휴대폰을 잃어버렸던 사건. 자신의 역사가 담겨있는 소중한 물건이 사라졌는데, 어떻게 위로하고 안정을 찾게 할지 몰라 힘들기도 했다.

평생 해보지 못한 경험을 처음으로 해 보았다. 외국에 나와 자동차로 여행을 하고 직접 운전도 하게 될 줄이야. 여행을 챙기느라 바쁜 아들에게 조금이라도 도움이 되길 바랐다. 고령의 초보 운전자. 안전을 우려한 손자의 강력한 저항도 있었지만 아빠가 피곤할 때에만 할아버지가 조심해서 운전하기로 한다. 운전을 좋아하지만 혹시나 실수를 해 여행을 망칠까 봐 무척 긴장이 되기도 했다. 처음에는 다른 교통 체계에 혼란스러웠지만 차차 적응이 되어갔다. 이런 경험을 할 수 있는 것도 기적 같은 일이요, 감사해야 할 일이었다.

통가리로 국립공원에서는 무려 32,000보(약 24Km)를 걸었다. 살아오면서 7시간 연속으로 걷기는 처음이었던 것 같다. 아름다운 경관을 보면서도, '언제 다시 이곳을 찾을 수 있을까?'라는 생각에 서글퍼지기도 했지만, 그 순간을 누릴 수 있는 것만으로도 만족할 일이었다.

늦게서야 깨달음과 후회도 있었다. 가는 곳마다 흔하게 캠핑카를 볼 수 있었는데 우연히 숙소에서 두 쌍의 서양인 부부들을 보고 알게 되었다. 아름다운 자연 속에서 경치 좋은 곳을 두루 다니며 황혼의 삶을 마음껏 즐기고 있는 모습. 캠핑카에서 모든 것을 해결하며 쉬엄쉬엄 여행을 즐기는 모습이 부럽기만 했다. 혼자서 손주들의 뒷바라지에 골몰하고 있을 아내를 생각하니 괜히 미안해졌다.

지금까지 살아오며 썩어 없어질 것에 마음을 두고 무사

안일하게 살아왔던 내가 원망스럽다. 미래지향적인 삶을 살지 못하고 현실에 취해 방황했던 과거가 아쉽기도 하다. 아까운 시간들을 허비했다는 생각을 하니 후회가 된다. 이제라도 주어진 시간들을 소중히 여기며, 아직도 늦지 않았다는 각오와 결심으로 미래를 힘차게 열어갈 것이다.

어둠이 채 가시기 전 이른 새벽, 여행 중에도 매일같이 기도로 두 손을 모았다. 무사히 여행을 끝낼 수 있도록. 그래서인지 새로운 세계를 보고, 느끼고, 경험하면서 여행을 훌륭히 마칠 수 있었다. 정말이지 큰 축복이요, 너무나도 감사한 일이었다.

이제 사랑하는 아들, 손자와 함께하며 행복했던 추억들을 마음 깊은 곳에 소중히 담아 두며, 늘 함께하시는 주님께 감사와 영광을 올려 드린다. 황혼의 뒤안길에 서성이는 나에게 인생의 절정과도 같은 행복한 순간들을 허락해 주셨으니.

늦은 나이에 아들, 손자와 함께 여행을 다녀온 것은 행복 중에 가장 큰 행복이었다. 함께여서 행복했던 여행, 그리고 그 후의 일상. 오늘도 감사할 일들이 많은 행복한 하루다.

2023년 12월.

글 쓰는 아빠의 아버지, 김인출

다시 날아오를 그날을 꿈꾸며

아버지와 아들과 함께한 여행. 힘들기도 했지만 행복했던 여정이었다. 서로 이해하고 참아주고 배려하며 여행을 무사히 마쳤다. 잊지 못할 기억들이 남았다. 사람은 추억을 먹고 산다고 하니 한동안은 먹고 살 걱정은 없겠지?

여행을 통해 아버지와도 아들과도 한층 더 가까워진 느낌이다. 평소보다 자연스레 대화할 기회가 많아서였을까? 앞으로도 함께 한 추억은 부자간의 간극을 메울 수 있는 힘이 될 듯하다.

여행을 하면서 조금 힘들다고 아버지와 아들에게 짜증을 부린 적도 있었다. 어쩌면 3대가 함께 할 수 있는 마지막 여행이라는 생각 때문이었을까? 하나라도 더 보기 위해, 조금이라도 더 경험하고 싶어, 무리한 일정을 잡기도 했다. 허투루 시간을 보내고 싶지 않아 그랬으니, 아버지도 아들도 이런 나를 이해해 주길 바란다.

그렇게 든든하기만 했던 아버지가 많이 약해지셨다. 나 역시 나이가 들수록 예전만 못하다. 이 여행이 자신감을 회복시키고 다시 또 살아갈 힘을 주길 희망한다. 아버지도, 아들도, 나도 이 여행을 통해 몸과 마음이 더욱 건강해지길 소망한다.

여행은 모든 세대를 통틀어 가장 잘 알려진
예방약이자 치료제이며 동시에 회복제이다.
- 대니얼 드레이크 -

'월든'의 작가 소로는 미국의 가장 위대한 작가로 꼽히지만 막상 그의 첫 책은 사람들로부터 외면을 받았다. 책이 팔리지 않아 대부분 방치되어 있었다고 한다. 오죽했으면, '내 책장에는 900권의 책이 있는데, 이 중에 700권은 내가 쓴 책이다'라고 했을까?

부끄럽지만 그래서 나도 용기를 내어 책을 쓴다. 첫 번째 책을 사랑해 주신 독자들께 먼저 감사드리며, 부족하지만 두 번째 책을 낸다. 열악한 출판 환경 속에서도 좋은 책을 내기 위해 항상 노력하는 출판사와 편집장님께 감사드린다.

함께 추억을 만들어간 아버지와 아들에게 감사하고, 나의 여행을 이해하고 지원해 주는 아내와 장모님, 어머니에게도 고마움을 전한다. 무사히 여행과 글까지 마칠 수 있도록 함께 하신 주님께 영광을 돌린다.

'오리도 날고 우리도 날고'의 글을 쓰며 다시 날아오를 그날을 꿈꾸었다. 다행히 그날이 찾아왔고, 아들과 함께 아버지까지 모시고 날아올랐다. 여행은 아직도 끝나지 않았다. 또 다른 어딘가를 찾아, 또다시 날아오를 그날을 꿈꾸며…

2023년 12월.

글 쓰는 아빠, 김명진

> 여행은 한 번에 세 번 하는 것이다.
> 준비하면서, 실행하면서, 정리하면서. 이렇게 여행을
> 기록하고 추억하며 세 번째 여행을 끝낸다.

publisher   instagram

날지 못하는 새들의 섬

초판발행 2024년 2월 14일

지은이 김명진

펴낸이 최대석 **펴낸곳** 행복우물 **출판등록** 307-2007-14호

등록일 2006년 10월 27일 **주소** 경기도 가평군 경반안로 115

전화 031-581-0491 **팩스** 031-581-0492

전자우편 book@happypress.co.kr

정가 17,000원   **ISBN** 979-11-91384-89-5